ELAZAR BENYOËTZ

ALLERWEGSDAHIN

Mein Weg als Jude und Israeli ins Deutsche

Arche

Umschlagfoto: © Hannah Satz
Satz: Greiner & Reichel, Köln
Druck und Bindung:
fgb · freiburger graphische betriebe
Printed in Germany
ISBN 3-7160-2290-X

Elazar Benyoëtz

Allerwegsdahin

Inhalt

1
Wortschritt

Das Wort
bis ans Tor der Sprache gebracht:
ob es sich ihm öffnet

Ich finde mich vor,
bin ich mir auch
vorgegeben?

Ein Jahr vor Österreichs Anschluß an das Dritte Reich bin ich in Wiener Neustadt zur Welt gekommen, ein Jahr danach sollte ich schon von ihr ausgeschlossen werden, und das sollte meine ganze Geschichte gewesen sein. Eine Momentaufnahme ohne Aufgabe; ein weggedachter Weg

Aller Gründe Grund
ist Bodenlosigkeit

Eine Handvoll Worte –
das Brot des Lebens;
eine Handvoll Worte –
die Krümel der Jahre

Deutsch geschrieben, auf Deutsch gedacht, auf Deutschland hin und zu.
Mein Deutsch, im stechenden Glanz Jerusalems sich windend, hat seine rhein-jüdischen Quellen

In das Tal meiner Jahre
steig ich hinab,
im Nacken die Welt.
Leben stand nie
auf meiner Tagesordnung.
Die untergehende Sonne zieht
den ganzen Tag nach sich;
er aber, im Dunkeln,
bleibt ganz;
wird nichts verloren haben,
wenn morgen er wieder
heute heißt

»Auf den zweiten Blick aber ... «

Trotzdem: der erste war nicht vergeudet, er geht nach und trägt seine Sicht auch vor uns her.
Der erste Blick hat seinen Grund in uns, der zweite nicht mehr.
Das ist die Befreiung des zweiten Blicks vom ersten, aber nicht unsere Freiheit.
Wir geben den ersten Blick nie für den zweiten her

Else Lasker-Schüler Oder: Erinnerungen sind einschneidend, darum heißen sie so

Als ich sechs Jahre alt war, starb mein Vater. Das war der Grund dafür, daß ich zu einem kleinen Landstreicher wurde und mich kostenlos in Kinos oder Konzertsäle einschlich. So geschah es auch, daß ich mich eines Abends in einem kleinen Kinosaal in der Rothschildallee in Tel Aviv fand und einem seltsamen, furchterregenden Zaubertreiben zusah, das etwa so vor sich ging: Vor einem Tisch, in schwarzer Tracht, zwischen zwei Kerzen abrakadabrierend, von Geldmünzengeklingel begleitet, stand sie – die einzige Hexe, die ich je leibhaft vor Augen gesehen habe. Obwohl sie den Eindruck machte, sie könnte jedes Wort in einen Besen verwandeln und flugs durch den Kamin davonfliegen, erweckte sie doch unendliches Vertrauen in mir, so daß ich mich, als die Zaubersprüche verklungen waren, zu ihr schlich. So stand ich vor ihr: in kurzen weißen Hosen, eine rotgetupfte Bluse, die meine Mutter mir selbst genäht hatte, und mit einem weißen Wollkäppchen, das einen ganz außerordentlichen Spitz hatte. So stand ich also vor der Hexe, die mich mit ihrem Dämonenpaar anschaute, als fände sie mich würdig, ihr Spielgefährte zu sein; sie legte ihre Hand auf meinen Kopf und sagte: »Kleiner Joseph.«

Die Sonne geht, bei Licht besehen, unter.
Es wird Abend

Jetzt liegt er in der Grube,
wie hingeworfen;
beständig sein Traum:
sich neigende Garben,
sich neigende Sterne,
elf,
die Grube füllend
mit einem Glanz
der Demut.
Bald steigt auch der Nil
ihm entgegen:
Joseph,
seines Volkes Erster,
dem Gott sich *nicht* offenbart;
ein ebräischer Jüngling,
der sagt: Die Welt ist mein,
doch ohne mich

Wie man sich denkt,
so stellt man sich vor

In seiner Individualität
kann man bejaht werden
oder verneint,
nicht bestätigt

Jede Erfahrung hat einen Wert,
dieser ist aber nur einmal
entscheidend

Es ist keineswegs der Fall, keinesfalls der Weg
Ein Fanal

Jeder hat seine Laufbahn, nicht jeder seinen Weg. Die Laufbahn zieht sich mit dem Rennen hin. Vom Weg kennt man nur die Strecken, oft bleibt man auf der Strecke und war bloß unterwegs.
Die kleinen Schritte, die man aus dem Gefühl heraus unternimmt, man bliebe ungern bei sich, ja, man würde am liebsten sich selbst hinter sich lassen, diese Schritte sind es, die einen Weg ergeben. Man kann ihn sehen, die Schritte aber, die er zusammenführte, nicht zählen.
Versucht, von meiner Laufbahn zu sprechen, wage ich diesen Schritt lieber nicht. Mein Weg – ein großes Wort auch dies, ich laß' es lieber fallen; zerbricht es, findet es Anklang vielleicht. Splitter sind die Bedeutungen dessen, was Sinn hatte

Die Wege sind weiter als die Reisen
Oder: Skrupel

Hat ER doch zu euch gesprochen: Ihr sollt hinfort nicht auf diesem Weg zurückkehren. 5. Mose 17,16

Was immer ich auch glaube
verteidigen zu müssen,
es sind meine Grenzen,
die ich verteidige

Ich wünschte,
meine Blindheit
sehen zu können

Um Mut zu fassen, bedarf ich des Übermuts

Erklärungen fruchten nicht,
sie wechseln
und ermöglichen uns,
geschehen zu lassen

Ich muß von mir so viel wissen, daß ich sagen könnte, was ich täte, lebte ich unter Hitler

Ich suche keine Erklärungen,
ich suche meine Brüder

Antworten erteilt das Alter, nicht das Leben

Illusion –
die Annahme,
ein Traum wäre
in seiner Wirklichkeit
überschreitbar

Die Sehnsucht nach Harmonie drückt gleichsam den Wunsch aus, keinen Gegensatz, keinen Widerspruch in sich aufgeben zu müssen

In Wort und Schrift
sonst nirgendwo
gewesen sein
– verstehst du doch –
und noch in dir,
Immanuel

2

Jede Zeit hat ihre Verspätung Oder: Die Eingebung der Form

»Ich könnte mir denken,
das ist viel,
wär's eben jetzt«
Lazarus Trost

Ob frühvollendet oder spät, man kommt mit seinen Werken zur Welt

Drei Bücher werden König Salomo zugeschrieben: Das Hohelied, Die Sprüche, Der Prediger (Kohelet). So unvereinbar sie auf den ersten und auf den zweiten Blick erscheinen, stand Salomos Autorschaft bei uns fest; aus der Verschiedenheit der Bücher haben unsere Weisen gefolgert, daß ein Mensch in seiner Jugend sich poetisch ausdrückt, in seiner Reife gleichnishaft, in seinem Alter aufseufzend: Eitelkeit der Eitelkeiten, alles eitel.

Die Sprüche enthalten viel Frömmigkeit, sie waren immer bildend und prägend, aber sie sind eingebettet zwischen buntscheckiger Erotik und grau werdender Skepsis. Wer königlich liebt, wird auch vom Zweifel gekrönt. Salomo liebte viel und königlich, war selbst aber eher bewundert und gefürchtet. Nach Gottes Zeugnis, dem nicht widersprochen werden kann, war er der Weiseste der Weisen. Wir wissen, daß zu dieser Weisheit tausend Frauen gehörten. Wer so viele Reize kennt und ihnen nicht erliegt, der muß keine Torheiten begehen, um weise zu werden.

Viele Legenden ranken sich um die Weisheit Salomos, und gern wollte auch ich einmal so weise sein. Um Sprüche aber schreiben zu können, muß man erst sein Hoheslied gedichtet, um Prediger genannt zu werden, seine Sprüche schon gemacht haben.

Und zu guter Letzt: Alle Aufmerksamkeit dem zuwenden, was sich dem Blick entzieht.

Entfernt noch von der ersten Liebe, schickte ich mich an, die Sprüche Salomos zu kommentieren. Das war meine erste, entschlossene Tat und somit der Anfang meiner Literatur

Fragment – das vollendet Mögliche

Wir stehen nicht nur im Fluß,
wir denken auch zerfließend

1957 ist mein erstes hebräisches Buch erschienen. Im gleichen Jahr erschien in der Insel-Bücherei Heraklits *Büchlein*, von Georg Burckhardt neu geordnet und ins Deutsche übertragen.
»Die ersten griechischen Philosophen«, hieß es im Nachwort, »erblühten in den griechischen Küstenstädten Kleinasiens, da wo Morgenland und Abendland sich berühren. Nur in Bruchstücken sind uns ihre Schriften erhalten; aber das, was uns erhalten ist, gewährt einen Einblick in die ersten philosophischen Darstellungen des Nachdenkens über Natur und Kosmos, über Werden und Vergehen, Sein und Bleiben.«
Die Berührung von Morgenland und Abendland brachte die Philosophie zum Erblühen, und der Erfolg dieses Erblühens war der gewährte, sich bewährende Einblick in Werden und Vergehen. Dieser Einblick aber, so tief er auch hinabreichen mochte, war nur in Bruchstücken mitteilbar, nur aus Bruchstücken zu gewinnen. Was nicht Bruchstück war, wollte jedenfalls nicht erhalten bleiben. Das war der Eindruck, der sich mir während jener Lektüre, bei noch schwachem Deutsch, einprägte und mir nach und nach Gewißheit und Absicht werden sollte: *Nur in Bruchstücken,* jedoch Einblick gewährend. Das sollte mir erst zwanzig Jahre später gelingen und nicht auf hebräisch

Bruchstücke, Torsi, Fragmente singen alle das Lob der Zeile und machen das Gedicht entbehrlich. Doch dürfen Zeilen keine Summe ergeben, denn das wäre wie mit Strophen gestraft

Das Wort läuft
auf den Satz hinaus
wie die Stunde auf das Jahr

Auf den Punkt gebracht, ist es immer ein Satz

Daß es Sätze gibt, die vieles umfassen, vieles erübrigen; die dem Sprecher Glanz verleihen für immer; die für ein ganzes Leben stehen, ein Ganzes vermögen, die nicht abgeleitet sind, sich aber ableiten lassen

Seine Sätze in Glanz tauchen und sich in ihrem Schatten niederlassen

Das ganze Buch geht dem ersten Satz voraus

Im Anfang war das Wort, Gott also war das Vorwort, und das muß er geblieben sein

Wie oben so unten, doch wie ist es oben. Um das zu erfahren, muß man die Bibel lesen: mit den Augen eines Kabbalisten, mit den Lippen eines Magiers, mit der Vorstellung eines Mythologen und natürlich mit Raschi

Ein Jude mag sich nicht vorstellen, daß die Welt anders entstanden sein könnte als mit und aus dem Wort, aus einem gesprochenen, des Odems vollen Wort, obschon der Psalmist (8,4) IHN den Himmel weit spannen läßt mit Fingern, welche die Engel dann blau entlangküßten.
Eine anders erschaffene Welt wäre für die jüdische Vorstellung nicht interessant. »Am Anfang war das Wort« ist aber zuwenig; es müßte am Anfang schon DAS BUCH gegeben haben; so steht es denn auch im Talmud: Gott schaute in die Thora und schuf die Welt nach diesem Plan.
Würde ER nicht in das Buch hineingeschaut haben, es gäbe nichts zu sehen

Die Idee wird von ihrem eigenen Schatten behelligt

»Das *Buch der Natur,* wie es noch Kepler in Analogie zur Bibel nannte, hat den großen Vorzug, daß es kein von Menschen erdachtes oder von Gott inspiriertes Buch ist, sondern Natur und doch keineswegs geistlos.« Karl Löwit

Weil wir vom Buch kommen, haben wir Einsicht in die Natur. Das Leben in der Natur ist schon ein Leben in Gedanken, und also nicht im Freien.
Aber daß die Natur ein Buch wäre, bleibt die Behauptung eines Bibliomanen

»Man kann nicht über seinen Schatten springen«: Die wachsende Lebenserfahrung ist dieser Schatten

Aus dem Augenblick ein Wort, aus dem Wort ein Werk, aus dem Werk ein Buch für immer und für sich

Es ist leichter, ein Buch zu schreiben, das befriedigt, als einen Satz, der genügt

Der Traum vom Buch, aus einem einzigen Satz bestehend, scheint ein alter jüdischer Traum zu sein, schon die *Sprüche der Väter* enthalten Variationen darüber und Belege für dessen Erfüllbarkeit: Ein Name, ein Satz, wortfest genug, um von der Erinnerung auf Jahrhunderte umarmt zu werden

Ein Buch reitet seine Worte, Satz um Satz, zu Tode

Dem Aphorismus fehlte schon immer die Sprechweise und das Buch zur Gattung
Man ergeht sich in Reflexionen, macht seine Sprüche, prägt ein Minimum an Maximen und stellt sich in die Tradition. So weit ist man gekommen, nun muß man sich einreihen lassen:
Das Problem des *Buches* haben nur Kohelet und Laotse gelöst, ob allein und ganz aus eigenem Vermögen, läßt sich nicht sagen. Kanonisierungen zwingen das Zwanglose zur Einheit; sie schaffen eben Bücher

Eine Stimme wird laut:
»Alles, was von Ihnen kommt, ist mir lieb und interessant, auch wenn es Aphorismen sind. Daß ich meine, die Zeit für diese literarische Form sei vorbei – mit dem Tode Lichtenbergs und spätestens mit demjenigen des Karl Kraus –, hat meine Freude an vielen der Ihren nicht beeinträchtigt – nun ja, weil es eben die Ihren sind.« Erich Heller, Evanston, Illinois, 18.4.1976

Autorität und Repräsentanz

Mit hohem Anspruch und geringem Ansehen betritt der Aphoristiker die literarische Szene.
Satz um Satz baut er seine Autorität auf. Selten mit Erfolg, denn diese Autorität wird nur unter Verzicht auf Repräsentanz erreicht.
Kohelet, der Prediger Salomo, hat es versucht, und es war ihm, ausnahmsweise, geglückt.
Die Welt im Blick, unter Ausschluß der Öffentlichkeit, um das Bleibende bemüht, drückt er das Nichtige aus, sein Ichselbstallein

Die Sprüche Salomos sind repräsentativ, die Worte Kohelets nicht.
Salomo bleibt König und Weiser, Kohelet anonym und verwegen.
Spruchweisheit nimmt sich wichtig, Aphoristik gibt sich ichtig:
»Ich sah an alles Tun, das unter der Sonne geschieht, und siehe ...« Kohelet 1,14
»Ich sprach in meinem Herzen, siehe, ich bin herrlich geworden ...« Kohelet 1,16
Kohelet, das ist die Geburt des »Ich« in der Literatur, damit hängt auch die Gebrochenheit seiner so eindringlichen Stimme zusammen. Den Boden unter den Füßen verloren, sucht er nach dem Grund.
Der Aphoristiker beginnt an dem Punkt, wo er mit seiner Weisheit am Ende ist. Er ist kein Weiser mehr und selbst als Bahnbrecher kein Wegweiser

Nietzsche wählte den Aphorismus für sein Denken aus. Mit dem Hammer philosophiert, das heißt Schlag auf Schlag, gewaltig; heißt aber auch mit dem Goldhammer, Schimmer um Schimmer, auf zartestem Blatt. Dem kam entgegen, daß er *wie ein Dichter* dachte und auch ohne Musik nicht zu denken ist. Daß er mit dem Hammer auch ans Porzellan ging, lag an seiner Einsamkeit. Vom aphoristischen Ich überwältigt, tauschte er die Autorität gegen die Repräsentanz aus. Auch Kürze hat ihre Maßlosigkeit

Vers und Prosasatz
Oder: Wer zum zweiten Male glücklos liebt

Der Vers – der König, der Aphorismus – der Hofnarr

»Hätte Heine, statt ein schlechtes Gedicht daraus zu machen, jene zwei Zeilen (Heimweh) als Prosasätze niedergeschrieben: ›Aber wer zum zweiten Male glücklos liebt, der ist ein Narr‹ – so hätte er einen Aphorismus geschrieben, der wiewohl nicht witzig und überraschend, doch dem meisten seines prosaischen Gewitzels vorzuziehen wäre.« Franz Bärmann Steiner

Der schlechte Vers, als nicht witziger Aphorismus empfohlen, das ist »zum zweiten Male glücklos geliebt«. Doch lohnt es sich, darüber nachzudenken.

Wäre es ein Aphorismus, wie oft hätte man seiner, im Verlauf der Jahrzehnte, gedacht?

Auch ein schlechter Vers Heines kommt öfter in Betracht als ein noch so geglückter Prosasatz. Es lohnt sich, Gedichte zu schreiben und Heine zu heißen, erkennbar in jedem Vers. Bei einem Aphorismus sagt man: »Das ist mir bekannt, das habe ich schon irgendwo gelesen.«

Von wem stammt ein Wort? Es gibt nur wenige Sätze, die man genau wiedergibt und die einen Namensträger haben. Verse verleugnen ihre Väter nicht; ein schlechter Vers Heines ist immer noch von Heine, ein guter Aphorismus von mir könnte auch von Karl Kraus sein

Eine Randbemerkung zur Gattung »Aphorismus«

Die letzte bedeutende, bis heute einflußreiche Aphorismensammlung der hebräischen Literatur liegt 1800 Jahre zurück und hieß schon damals *Sprüche der Väter*. Diese Väter blieben ohne Nachkommen in der Neuzeit. Es gibt keine großen Aphoristiker in der hebräischen Literatur, auch keine großen Denker aphoristischen Stils

Die deutsche Sprache, geschmeidig und beugungsfreudig wie sie ist, versprach mir mehr Vorteile, als ich wahrzunehmen vermochte, in ihr habe ich dann auch die entbehrten neuen »Väter« gefunden.
So erheblich dies für meine literarischen Absichten auch war, bestimmend für mein Leben war etwas anderes. Im Deutschen konnte ich mich, so jung ich noch war, als alter Jude fühlen und den alten jüdischen Weg zurücklegen: der Donau, dem Rhein, der Weichsel entlang. Wie käme ich sonst überallhin, wo es ein Erbe zu heben, eine Träne zu sammeln noch gab.
Als Israeli, im Rausch des Neuen, zu einem unbekannten Stolz erwachend, in einer sich von Tag zu Tag verjüngenden, immer hand- und landfester werdenden Sprache, hätte ich es nicht vermocht. Und ich mußte doch dahin gelangen, wo sich das Allesüberschattende ereignete.
Also war es just die Hoffnung, die sich zwischen meine Dichtung und mich selbst stellte

Einsprüche
Oder: Sätze und Gegensätze

Man bewirkt nichts, wenn man sich weigert, seine Aphorismen Aphorismen zu nennen, und doch besagt es, daß man etwas nicht will. Das Nichtgewollte bleibt in Sicht und bedroht das Begehrte von fern.
Daß ich mich mit einem Satz begnüge, heißt nicht, daß ich nicht »alles« sagen möchte. Wer aber hat das Sagen? Der Autor, sein Buch? Nicht das Wort, denn kein Wort ist unter einem Satz zu haben

Mit einem Satz glaubt man, davonzukommen oder auf den Grund.
Der Mensch – ein grundsätzliches Wesen

Das Recht, das man behält, verjährt im Nu
Einsätze (1975)

Noch ehe wir den Mund
zum Sprechen öffnen,
öffnet die Sprache uns die Augen

»In diesem Augenöffnen scheint das Credo der *Einsätze* von Benyoëtz zu liegen. Das Gedicht schlummert in fast allen diesen EinSätzen.

›Gewissen ist eine Gedächtnisfrage‹

Die gesellschaftspolitische Situation, die dahinter steht, wie hinter vielen anderen EinSätzen, gibt dem Gedanken Raum, daß nicht bloß Ethik ein Bleibendes im Sich-Verändernden bedeutet, sondern daß Erkennen selbst heißt: Vergessenem begegnen, daß es ein Wiederfinden ist. Erst wenn man die Überraschung hinter sich gelassen hat, stößt man auf den Kern dieser meisterhaft geformten Sätze, ständig neu versuchte Einsätze eines Menschen, geistig in einer geistfeindlichen Weltzeit zu bestehen: als Mensch, als Jude, als Dichter.« Tuvia Rübner

Bleibt der EinSatz auch mißverständlich, ist er doch immer von poetischer Evidenz:

Ein Wort,
bedeutungslos
zu seinem Sinn gekommen

Das tragende Gefühl

Meine EinSätze lehrten mich, daß jedes Gefühl seinen Ausdruck hat, auf diesen nicht verzichtet. Das leiseste Gefühl sucht sich das leiseste Wort und findet es unter Tausenden, unfehlbar. Und alle Gefühle werden vom Werk zusammengerufen, versammeln sich vor ihm und warten auf das tragende Gefühl, ohne das kein Werk zustande kommt: die Liebe.
Darin täuscht man sich oft, man entflammt ja leicht, ist bald begeistert, alle Sinne stehen auf, die Gefühle geraten in Aufruhr, jedes wird laut, will sich Gehör verschaffen, bestimmen, die Schritte lenken, die Handlung führen. So geht es vor sich. Aber »das tragende Gefühl« stellt sich anders ein; es hört nicht aufs Angenehme, nicht aufs Flüchtige, sondern allein auf die Berufung eines jeden, sein Werk, hier, zu vollbringen

Weisheit, eine verlorengegangene Diktion

Auch die Weisheit verspielte, weil sie auf Ironie nicht bauen kann und darum zu viel meinen muß. Die Meinung verdirbt den Gedanken. Aphoristik baut auf Ironie und hält sich dicht bei der Satire auf, das gibt ihr Kraft, legt zugleich ihre Schwäche bloß: Hochmut der Demut. Je verwundbarer ein Mensch, desto trefflicher muß er sein.

Die Satire im kleinen gelingt selten einmal einem Alfred Polgar, einem Stanislaw Lec, und bleibt im übrigen eine pointierte Harmlosigkeit.

Satire lebt nicht von Brosamen, sie muß zu fressen haben. Für seine Satire, im großen wie im kleinen, brauchte Karl Kraus eine ganze österreichisch-ungarische Monarchie und den Schwarzwald deutscher Presse dazu

Geflügelte Worte werden abgeschossen

Nicht nur hat Salomo seine Sprüche der Weisheit geschrieben, auch seine Weisheit war sprichwörtlich geworden: zuerst im Morgen-, dann im Abendland.
Alle Großen, ohne Ausnahme, neigten zu ihm, zitierten und kommentierten ihn.
Mehr als in ihm steckte, holte man aus ihm heraus. Das ist Kennzeichen der Weisheit, sie läßt sich breit auslegen und bleibt für immer schlank

Nicht seine Evidenz beflügelt den Satz, sondern seine Zitierbarkeit

Die Falzkrähen des Hippokrates

Das Leben,
ob kurz oder lang,
ist ein einziges Bedauern

Gute Aphorismen sind von erschöpfender,
schlechte von ermüdender Kürze

Alexandria/USA, 7.6.1998

Lieber Elazar,
Dein neues Manuskript ist mir nach Amerika gefolgt, und ich sitze zu früher Morgenstunde im Hof des alten Hauses [...], um mich in Deine Worte und Sätze zu vertiefen. Die Blätter des Manuskripts hingen noch an den Falzrändern zusammen. Um sie nach meinen Lesegewohnheiten besser lesen zu können, habe ich sie mit einer reißenden Bewegung voneinander abgetrennt. Auf das Abreißgeräusch, das sich dabei bildete, antwortete jedesmal eine Krähe mit einem ganz ähnlichen Laut. So bist Du heute morgen nicht nur mit mir, sondern auch mit der amerikanischen Vogelwelt im Dialog gewesen.
Um Dir zu erläutern, warum ich diesmal Deine Aphorismen mit besonderer Hellhörigkeit gelesen habe, will ich kurz erwähnen, daß ich mich in den letzten Tagen ziemlich intensiv mit dem ältesten aller Aphorismen beschäftigt habe, dem ersten Satz im ersten Aphorismus des Hippokrates: »Das Leben ist kurz, die Kunst ist lang.« Das Thema der Kürze oder Länge,

über das Du auf diesen Seiten ja auch nachgedacht hast, ist hier angeschlagen, und es macht mich ebenfalls nachdenklich, wie lange nun schon in der Geschichte die »erschöpfende« und nicht »ermüdende« Kürze unsere Gedanken in Atem hält. [...]
Dein Harald

Kürze hat ihre eigene Evidenz, die zum Glauben verführt

Die Vorzüge der Kürze:
Sie erregt nicht Schwindel
und läßt sich nicht lange bewundern

Der Satz ist das schönste Geschenk, das man bekommen kann, und der höchste Preis, den man bezahlen muß, denn mehr als den einen gibt es nicht.
Doch war Aphoristik schon immer die Form der Zukunft: nuklear

individuell –
einzelhaftig

Autorität – lautlose Bestimmung

Die Autorität des Satzes ist das größte Geheimnis der Literatur. Darüber gibt keine Grammatik, keine Syntax, keine Rhetorik Aufschluß. Die Mittel sind bekannt, sind nicht schwer zu erwerben und zu handhaben. Es läßt sich sagen, doch weiß niemand, wieso

Einsichten erlangen leichter eine Gültigkeit als Sätze ihre Bestimmung.
Unbestimmt bleiben Sätze gesichtslos, so gültig wie gleichgültig

Der Geistreiche läßt seine Worte fallen; aufgehoben, abgeklopft, niedergelegt, werden sie Aphorismen.
Aphoristik ist aber kein Resultat der Auswahl, sie geht voraus und sucht zu bestimmen

Die reine Autobiographie kann es erzählerisch nicht geben, nur aphoristisch

(Beim Abschluß dieses Buches,
Jerusalem, 10. Aw 5761/30. Juli 2001)
Die herrschenden Züge einer Autobiographie: das Abenteuer eines schielenden Ichs; die Beichte eines Toren, der alles besser weiß und schlechter macht; der Dank an die Freunde, die ihm sein Möglichmachen ermöglichen.
Mein Buch berichtet von einem einzigen Abenteuer im Geiste, welches genügte, das Gelebte meines Lebens eher in Zweifel zu ziehen als in Betracht. Wo bleibt aber die Rechnung, wenn sie aufgegangen ist

Auch verändert
findet man sich
nach wie vor

Alle Voraussetzungen werden nachgetragen

Die Zweifel kommen hinterher, ein Werk für sich. Man muß schon alles gesagt haben, damit sie kommen. Sie sprechen, wenn man zu Ende ist mit seiner Weisheit. Es kommen dann die Skrupel, ob man sie sich macht oder nicht, und bleiben. Skrupel haben keine andere Bleibe als in den Werken, deren Vollendung sie sind. Die Zweifel beweisen, daß man alles gesagt hat, die Skrupel bestätigen es

Möglich, daß meine Gedanken nicht das sind, was ich denke

Nur in der Liebe
ist Warten kein Zeitverlust

Zürich, 10.6.1964

Mein lieber Wanderknabe,
[...] weit wichtiger ist mir, was Du von Deinen und von meinen Gedichten schreibst. Aber auch dies ist ja nicht das Eigentliche dessen, was ich Dir zu sagen habe [...]. Daß wir im Alter so verschieden sind, ändert kaum etwas an unserer Gleichheit. Dabei sind wir zugleich grundverschieden; denn Deine Leistung wird größer sein als die meine.
Deine Oma

Was man in Liebe begreift,
kann man aus Liebe
nicht verstehen

Und singt auch das Erreichte
von der Armut,
es ist volldacht

3

Am Anfang aller Geschichte steht die eigene

»Ungewiß ist auch
unsere Vergangenheit«
Paul Koppel

Fällt man aus dem Rahmen, bleibt man nicht im Bild

Aus einem bestimmten Regal der Nationalbibliothek Jerusalems zog ich ein beliebiges Buch heraus, es war *Das Wesen des prophetischen Judentums. Ein Beitrag zum Verständnis der Propheten* von Rabbiner Dr. Saul Kaatz, 1907 in Berlin bei M. Poppelauer erschienen und also beginnend:
»Diese Darlegungen sind für Juden geschrieben. Sie gehen von jüdischem Standpunkte aus und wollen den jüdischen Standpunkt verteidigen. Sie fußen auf dem Fundament, auf dem des Judentums Kraft und Sicherheit ruht, daß die heilige Schrift als das Wort Gottes untrügliche Wahrheit enthält, und daß ihre Aussagen und ihre Überlieferungen treu und zuverlässig sind.«
Bis 1938 konnte man in Deutschland vom jüdischen Standpunkt ausgehen, seine Darlegungen ohne weiteres auf deutsch fundieren und »fußen« lassen. Was diesem Fundieren auf den Fuß folgte, war eine Amputation, die allem Geläufigen ein Ende setzte.
Wer heute Deutsch schreibt, möge er zu seinen Lesern auch wieder Juden zählen, schreibt nicht mehr für Juden, schreibt selbstverständlich nicht mehr für sie. Was sich aus dieser Bewußtseinslage noch als jüdischer Standpunkt darlegen und verteidigen ließe, ist eine Frage an das kommende Geschlecht

»Und daß der größte Theil der Welt
das Schlechte für das Gute hält«

Im Jahre 1962 erschien in Tel Aviv zum ersten Mal die Zeitschrift *Prozdor* [=Vorhalle]. Sie machte nicht den erhofft großen Eindruck, nichts desto weniger stellte sie etwas noch nicht Dagewesenes dar: Sie war Gott gewidmet. So etwas hat es im Volke Israel noch nicht gegeben. Wohl gab es einen Wald von Zeitschriften, welche die Thora abhandelten, die Propheten auslegten, Maimonides kommentierten, über die Pflichten des Menschen vor Gott predigten, Gott mitunter anriefen, gelegentlich alarmierten. Verlangt war vor allem das Breittreten, bevorzugt das Kleinhacken, bewundert das Haarspalten. Das machte Freude.
Eine Zeitschrift um Gott herum, den Glauben anstachelnd, seinen Wortbestand erschütternd, das hatte man nicht gewollt und das hatte es nicht gegeben; das war neu.
Als Herausgeber zeichneten: Schmuel Hugo Bergman, Dov Sadan, Yizchak Zimmermann. Eröffnet wurde das erste Heft mit einem Text von Martin Buber, *Der Glaube*, weitere »Mitarbeiter« waren Alfred N. Whitehaed, Kierkegaard, sogar Christian Fürchtegott Gellert mit einem Gedicht, das Schopenhauer unter dem Titel *Von dem, was einer vorstellt* empfohlen hat und um dessen Übersetzung ich gebeten wurde:

Daß oft die allerbesten Gaben
Die wenigsten Bewund'rer haben,

Und daß der größte Theil der Welt
Das Schlechte für das Gute hält;
Dies Übel sieht man alle Tage ...

Zimmermann war der schäumende Mund; es brannte in ihm und in seiner Rede; er war der eigentliche Gründer, er schaffte auch die Mittel herbei, das pochende Herz war aber ein anderer, nicht genannter, von dem jede Nummer einen Beitrag brachte, pseudonym: Ploni Almoni, was heißt: »der und der«, oder P. Almoni, P., der Unbekannte. Das war er tatsächlich, der Schreiber in dem hebräischen Zeitschriftenmilieu; für sein Pseudonym hatte er aber einen besseren Grund, den besten: die Scheu davor, öffentlich von Gott zu sprechen, mit dem Anspruch also aufzutreten, ein bündiger Zeuge Gottes zu sein.
Die Glaubwürdigkeit der Aussage setzt voraus, daß der Zeuge sich als würdig erweise. Wir kennen vom Glauben ja nur den letzten Rest, die Glaubwürdigkeit eben, wer aber, und wäre er noch so rechtschaffen, ist glaubwürdig genug.
Wir wollen die Wahrheit, die Sprache will die Dichtung. Gott will etwas anderes.
Öffentlich und druckgeschwärzt von Gott zu sprechen, den Glauben zu fordern, die Worte auf ihre Buchstäblichkeit zurückzuführen oder wenigstens zu verweisen, das eben getraute sich P. Almoni, der Namenlose, nicht ohne weiteres. Der von dieser Scheu Durchdrungene, war ein vielgewitzter, geistreicher Mann, der durch seine Freundschaft mit Ludwig Witt-

genstein bekannte Architekt Paul Engelmann. Das Haus in der Kundmanngasse trägt beider Namen. Aus seinem Nachlaß erschien sein kleines Buch über Wittgenstein, und wer dieses liest, erkennt auch darin die Scheu im Trefflichen und das nicht zu Erschütternde dieser Haltung, die keine Demut ist. Er war mein Freund in seinen alten, meinen jungen Jahren, und seine Haltung machte auf mich Eindruck

Ein vom Glauben versetzter Berg wird immer kleiner

»Wer auf die Sitten wirken will«, schreibt Wilhelm Heinse, »muß seine Sätze zur Religion machen.« Sätze, sagt er, seine Sätze

Meine Sätze zur Religion machte ich 1964, es waren meine ersten Aphorismen, die im Druck erschienen

Tel Aviv, 11. Mai 1964

Lieber Benyoëtz!
Endlich, nach monatelangen unnötigen Verzögerungen, ist jetzt der *Prozdor* wieder erschienen, und im ganzen ist es, trotz störender Dummheiten, ein *sehr* gutes Heft geworden. Ich glaube, daß Ihre Aphorismen (Nowloth) an der besten Stelle des Heftes und ohne typographische Fehler gedruckt sind, so daß in dieser Hinsicht betont ist, daß sie zu den besten Beiträgen des Heftes gehören.
Für heute nur herzliche Grüße und nicht mehr
Ihr Paul Engelmann

Engelmann hat die Aphorismen kurz danach ins Deutsche übersetzt: Sie wurden Grund und Keim meines ersten deutschen Manuskripts, an dem Renate Heuer und ich lange gearbeitet haben. Während die Aphorismen im Manuskript weitere Kreise zogen, ist deren gedruckte Ausgabe *Sahadutha* (Berlin, 1969) unbeachtet geblieben

Das mir Undenkbare – das mir Zugedachte

Ahnungslos wie ein unbeschriebenes Blatt zog ich Ende 1962 in die Ferne – damals schien auch das Naheliegende noch fern; eine Handvoll Gedichte, von Paul Engelmann ins Deutsche übertragen, war mein ganzes Hab und Gut. Mit diesem gedachte ich, eine Welt zu erobern, und das tat ich auch, allein, es war eine kleine Welt, die nichts verschenkt und nichts vergibt und alle Geltung für sich behält.

Denn je länger ich mich im deutschen Sprachraum aufhielt, desto schlechter mußten mir meine eigenen Gedichte erscheinen, ihr deutsches Gewand zumal, an dem kein Garn, kein Nadelstich von mir herrührte

Zwei Jugendgedichte
Von Paul Engelmann übersetzt

Die Sonne löscht nach und nach ihre Lichter.
Verdämmernd die Welt kehrt zu Gott im Gebet.
Die Seelen, sie eilen, unverhüllt ihre Lichter.
Und es sattelt ein Mensch seinen Esel, auf bricht er
Dorthin, wo die Hochflut des Untergangs geht.
Vernunft, schon müd, schließt die Läden dichter.
Verdämmernd die Welt kehrt zu Gott im Gebet
Und die Sonne löscht nach und nach ihre Lichter

Was erzähl ich dir
von meinem Leben,
daß du mir glaubst?
Schließe die Augen
und sieh –
ich bin niemals gewesen

Was das Vergessen verspricht, hält die Erinnerung ein

Aus der Zeit in den Augenblick,
aus diesem in die Ewigkeit,
wo uns die Stunde schlägt

Die ausgeschriebenen Jahre,
die vollgeschriebene Zeit,
ein Leben,
wie es im Buche steht

Erfüllt –
der Hoffnung entgangen

Die sechziger Jahre
Ein Durchblick

1963 bin ich zum ersten Mal nach Berlin gekommen. Das war der Anfang eines Abenteuers und der Beginn eines Experiments, das in meinem Buch *Treffpunkt Scheideweg* zur Beschreibung, in den *Variationen über ein verlorenes Thema* zum Ausdruck gekommen ist. Die Frage, wozu man lebt, wird mit einem Wofür man gelebt hat beantwortet

Erzählen heißt immer auf Biegen, oft auch auf Brechen. Man kommt sich auf diesem Weg abhanden oder gefährlich nah

Jude ist man; will man aber einer werden,
muß man außer Land und Band

1 Berlin 21

Hochhausend,
von der S-Bahn erschüttert,
geplagt vom grünen Star
dem großen S im Auge;
aus dem Geist hebräischer Buchstaben;
über die Akademie der Künste hinaus,
unhaltbar die üppige Germania im Park,
daß er sich brüste, und ich
nur leicht verstört,
doch schwer beschädigt –
ein Sieger, davongetragen,
mehr Jude geworden
denn Ich

1965

Das Schicksal hat auch einen anderen Namen

Zürich, [24.9.1964]

Mein lieber Wanderknabe,

[...] Und nun noch das für mich schwere und doch für Dich noch schwerere Verhältnis zwischen Deutsch und Hebräisch, vor allem aber zwischen freiem Leben und Orthodoxie. Ich habe hier fast mit Staunen gesehen, wie streng Du die Orthodoxie noch hältst, und es ist mir dabei aufgegangen, wie schwer Dir das Leben unter Dir nahen Deutschen (weit mehr noch als unter Schweizern) sein muß. Mir, der Du doch so nahe bist, ist es fast als ein geschichtliches Problem erschienen, daß es aber unendlich schwer ist, weiß ich wohl; ich wäre glücklich, wenn wir auch über diese und gerade über diese Frage einmal gründlich sprechen könnten.

Ach, lieber Wanderknabe, über wie unendlich vieles möchten wir nicht nur, sondern müßten wir noch miteinander sprechen. Wie sehr wünsche ich, daß das Schicksal (ich weiß, es hat auch einen ganze anderen Namen) mich so lange am Leben läßt.

Deine Oma

K[oppel]
Oder: Die fehlgeleitete Initialzündung

Mein aphoristisches Denken forderte von mir, daß ich die Machtgelüste der Worte vom Zauberspiel der Sprache scheide und fernhalte. Ich sollte ein reines Sprachorgan sein und ohne Einfluß bleiben und war doch gerade dabei, die letzten Provinzen des Hebräischen für meine Poesie einzunehmen. Meine Eroberungsfreude und Herrschsucht aufzugeben, gedachte ich nicht, geschweige denn, mein Reich zu verlassen. Indes blieb die Forderung meines Denkens unerbittlich. So mußte ich zuletzt von meinem Roß herunter; zu Fuß gehen; mit eigenen Fingern die Worte für das tägliche Brot der Rede kneten; nach Deut-Mein-Sinn im Deutschen fragen; von vorn also beginnen, mit Bedacht von Anfang an. Da wollte ich nicht nur sehen, ob ich etwas zu sagen hätte, sondern auch, ob es einen für mich bestimmten, noch leerstehenden Platz in der jüdischen Literaturgeschichte gibt. Nein, ich wollte kein deutscher Dichter sein, auch nicht mit deutschen Dichtern um Rang und Namen wetteifern.
Rückwärtsgewandt tat ich so, als könnte ich Zeitgenosse meiner Sehnsucht sein, als würde ich meinen Platz zwischen Kafka und Kraus einnehmen können. Im letzteren habe ich mich geirrt, dabei aber die auf mich wartende Leerstelle gefunden. Dies nun ist mein Werk, denn das habe ich vermocht – »voll weisem Tiefsinn, aber ohne Gegenwart«.

Abschied von Berlin

Viele Träume wurden in den sechziger Jahren gehegt, viele in ihnen begraben.

Viele Projekte wurden ins Dasein gerufen und sind dem Ruf nicht gefolgt.

Berlin mußte lange in sich gehen, bis es außer sich geraten konnte. Nun ist es außer sich, weit und breit und hoch.

Die Erinnerung greift um sich, nicht weit zurück; ob sie just auf die sechziger Jahre zurückkäme?

Eine Seite lang nehme ich mal an, daß von allen Kühnheiten der sechziger Jahre die *Bibliographia Judaica* das sich trübende Erinnerungsvermögen überleben wird. Damals wußten nur wenige vom Entstehen dieses Werkes, und von diesen wenigen waren es die wenigsten, die es genau wissen wollten. Es war nicht nur »ein weites Feld«, es war auch »ein heikles Thema«. Man wußte damals verzweifelt wenig und verzweifelte lieber.

Nun wird, was einmal jüdisch-deutsch war, deutsch-jüdisch tradiert und gebucht.

Nicht unmöglich, nur schwer zu denken ist, daß dies, was heute als deutsch-jüdische Literatur großgeschrieben wird, nicht so groß hätte geschrieben werden können, wäre ich 1963 nicht nach Berlin gekommen und hätte Michael Landmann, von Eberhard Lämmert und Jacob Taubes unterstützt, seinen Antrag nicht bei der Deutschen Forschungsgemeinschaft eingereicht.

Daß sie in ihren 16 Bänden heute im Münchner Saur Verlag erscheinen kann, ist das Verdienst Renate Heuers, deren Lebenswerk die *Bibliographia Judaica* geworden ist. Es ist gleichsam das größte Monument, das eine Deutsche aus eigener Verantwortung, unter Einsatz ihrer besten Lebensjahre, dem untergegangenen deutschen Judentum errichtet hat

Zu welchem Ende?
In memoriam Michael Landmann

Leben, Fortleben, Nachleben – waren es Angebote, waren es Annahmen?
Das haben wir uns gefragt, nicht, weil wir des Lebens überdrüssig waren, nicht, weil wir mit dem Leben nichts anzufangen wußten; wir wußten wohl damit etwas anzufangen, nur konnten wir nicht sagen: zu welchem Ende?
Für die Frage des Lebens hatten wir unsere Freunde, für »die allgemeine Anthropologie« unsere Schüler und Gesprächspartner, für die Frage aber – die das Fortleben entscheidet und das Nachleben bestimmt – »zu welchem Ende?«, für diese hatten wir keine Partner; da half keine Sympathie, keine noch so baulustige Denkgemeinschaft.
Ob Vaterland, Heimat oder Aufgabe – Deutschland selbst war den Deutschen schon die Antwort; uns aber?
Unsere Freunde mußten von vorn beginnen, um mit uns etwas anfangen zu können.
»Zu welchem Ende?«
»Zu diesem Beginnen«, hätte die Antwort lauten können.
Doch sie kam selten und lautete nicht.
Am Gedenken selbst schieden sich die Geister. Vereinbart waren einzig die Gedenktage.
Da saßen wir Schulter an Schulter auf der Bank, in uns gekehrt, einander beklagend.

Auf beiden Seiten hatte es einen Schmerz gegeben und das Verlangen nach einer Zeit, die des Heils nicht bedurfte.
Man glaubte, zu wissen, wußte aber kaum, zu glauben; es hätte keinen Sinn, von Religion, die auch wärmt, zu sprechen.
Die Bank, auf der wir eben saßen, hätte über Ostern schon zu einer Bank der Spötter werden können

Niemand geht auf seinem Weg zu weit

Ich lege meinen Weg zurück, ziehe mit Moses Mendelssohn von Dessau aus und eben durch das Rosenthaler Tor in Berlin ein. Die Unterhaltung mit ihm geht weiter, durch Straßen, über Jahre; sie fällt mir nicht schwer: Wir haben die gleiche Schule besucht, dieselben Bücher studiert, ich kenne seine Gedanken, ihren Umkreis. Ein Tropfen Licht, ein Tropfen Honig sind allem, was er denkt, sagt oder schreibt, beigemischt. Sein Ausdruck ist mehr geschmeidig denn schneidig. Er hat Stil wie wenige nur; er hat, wie niemand weit und breit, Sinn für Stilarten; was an ihm noch mittelalterlich ist, wirkt dadurch zeitgenössisch. Sein Humor ist nicht harmlos, aber schüchtern.

Es riecht noch alles nach Gott und schmeckt nach Psalm, doch steht ganz anderes bevor.

Nicht abgebrochen sind die Zelte Jakobs, es eilt mir nicht.

Ich betrachte mir die Leute in Ruhe, Juden in Berlin, sie werden Berliner Juden werden, Berliner, Dessauer, Königsberger heißen. Ich schaue sie mir alle an, zusehends werde ich ihnen ähnlich.

Ich werde nicht verweilen, ich warte nur noch, bis Salomon Maimon eintrifft, mit dem ich mich besser unterhalten zu können hoffe als mit Mendelssohn. Er ist ein Litwak; seine Gedanken fressen sein Herz und wuchern gewaltig. Bald wird er Immanuel Kant Respekt abverlangen.

Das ist einer, der bleibt, weil man nicht weiß, wohin

mit ihm. Auf sich gestellt, von sich nicht abweichend, ziemlich verwahrlost, ist er in etwa schon mein Paul Engelmann.
Es ist nicht die Geschichte, die mich interessiert, ich kenne ihr Ende ja und weiß daher, daß ich nicht viel Zeit habe, ich muß den Weg von zweihundert Jahren zurücklegen, das schaffe ich nur durch einen Sprachwechsel: auf deutsch wird es mir möglich sein, zweihundert Jahre in dreißig durchzubringen; auf hebräisch zählt nur, was im Kommen ist.
Die deutsche Literatur soll mir gehören, ich werde sie erobern und mir dann zum Geschenk machen; souverän, in Israel, abwegig

Ist der Weg zurückgelegt,
ist vom Ziel nichts mehr zu sehen

4
Identitäuschung

»Die Zeit ist buchstabengenau
und allbarmherzig.«
Friedrich Hölderlin
an seine Mutter

Am 7. Juni 2001
ist Else Gottlieb
meine Mutter
gestorben

Das Reden wird nicht von der Redlichkeit bestimmt,
sondern von der Rhetorik

Jedes Reden
ist ein Reden von sich
oder von sich weg

Es ist von hohem Sinn, daß Dichter das Wort haben und nicht das Sagen.
Sie haben nicht die bessere Auskunft, aber sie liefern die Worte für die bessere Einsicht; und sie allein vermögen, aufzuhellen, ohne aufgeklärt zu haben

Das angeschlagene Thema

Was man nicht vor Augen hat,
kann man hinter sich nicht bringen

»Heikel war das Thema stets, ob es nun mit Scham, mit Freiheit oder Herausforderung behandelt wurde. Heute ist es ein Brandherd.
Es verlangt mich, Anschauung zu geben. Da darf denn nichts mehr gelten, was mir schon einmal bewiesen gegolten hat. Auf Beweis und Verteidigung verzichte ich, auf Anklage und jede Art konstruktiver Beredsamkeit.
Unabweisbar trieb es mich, Klarheit zu gewinnen über das Wesen jener Disharmonie, die durch mein ganzes Tun und Sein zieht und mir mit den Jahren immer schmerzlicher fühlbar und bewußt worden ist.«
Jakob Wassermann

Das Thema eines Lebens wird nur einmal angeschlagen. Um die Höhe des angeschlagenen Themas einhalten zu können, muß man sich in Variationen darüber ergehen

Was suchst du, Ent*wir*ter, bei uns,
in der »schwestersprache der edda,
der tochtersprache der bibel«?
Das Pathos
verlorener Schatten;
das Hieb- und Stichwort
tiefschürfender
Scharfrichter;
das für eine Zunge kaum
oder nur
noch
Nennenswerte

Du hättest, du müßtest,
du wolltest doch

Erhebe nicht Anspruch
auf Erbschaft –
sei Erbe

Ein letztes Wort genügte,
um eine ganze Sprache
hervorzurufen

Frühromantik
Oder: Über die Schulter einer briefschreibenden Dichterin zurückblickend

[Frankfurt a. M.,] 17. Febr. 1964

Lieber verzauberter Wanderer,

Sie sind also wirklich entschwunden und ich hatte doch gehofft und eigentlich auch fest geglaubt wir würden noch einmal durch den schon ein klein bißchen frühlingshaften *Palmengarten* spazieren. Und dabei sind Sie längst daheim und unter einer richtigen starken männlichen Sonne (*ist* sie männlich in Ihrer Sprache?). Und ich habe nicht einmal erfahren wie weit Sie mit Ihrem Vorhaben gekommen und ob Sie nicht gar enttäuscht und traurig abgereist sind. In der deutschen Sprache sind Sie heimisch geworden (wahrscheinlich, ohne sie zu kennen, immer gewesen). Sie brauchen keine Übersetzer mehr. Ich habe einige von den neuen Gedichten sehr gern. [...] Ich habe oft an Sie gedacht und was für ein Fremdling Sie doch waren in diesem neuen gottlosen und gesinnungslosen Deutschland. [...]

Ihre Marie Luise Kaschnitz

Niemand kommt,
aber ich bin da

Eine offene Frage,
ein verschlossener Mund,
eine offene Wunde

Von der Sprache erbaut
und
Wort für Wort zerstört

Welt nach innen verlegt
und verlegen
geäußert

Anfang ist nicht da, wo es beginnt, sondern wo wir stehen, zu beginnen bereit

Was man im Blick behält, ist immer das Größte

Für seine Gläser bekannt, schien mir Jena geeignet, eine optimale Optik für ein Thema zu erreichen, das durch meine Person offen zu Tage liegt, meinem eigenen Blick sich aber entzieht.

Gute Gläser, scharfe Gläser führen den Blick immer näher an das Verborgene, mitunter bis an jenen Punkt heran, wo Verwandlungen im Unsichtbaren vor sich gehen.

Die Geschichte, die heute zu erzählen wäre, ist die einer Verwandlung

Höre laut zu

Der Jude hat seine heilige Sprache, sie ist es allein ihres Ursprungs wegen: Mit ihr schuf Gott die Welt, in ihr hatte er sich offenbart.
Was er sagte und diktierte und was von ihm geschrieben steht, läßt sich unübersetzt nur im Hebräischen finden

Schma – bechol laschon scha'ata schomea' (Berachot 13a): Höre in jeder Sprache, die du vernimmst.
Bestimmungen finden in Sprachen ihren ersten Niederschlag und letzten Ausdruck; auch das Gehör ist eine Verlautbarung; Gott zeigt sich nicht, er spricht, und der Angesprochene ist der Mensch schlechthin: Wo bist du, Adam? Das war die erste, in die Welt eingeführte, im Sprache gewordenen Raum vernommene Frage.
Das Fragen vor allem kommt von Gott, doch immerhin erwies Adam sich noch als frag-würdig

Schma – bechol laschon scha'ata schomea' – gemeint ist: Bekenne und sprich dein Bekenntnis – das *Schma Jisrael*, das »Höre Israel« – in jeder dir vertrauten oder geläufigen Sprache, denn es gilt in jeder gleich, in allen zugleich

Die Sprache an sich ist die Sprache an uns

Die Bedeutung der Sprache und der Sprachen, da ihnen in der Bibel, von allem Anfang an, eine so große Rolle zugestanden wird, steht im Zentrum jüdischen Denkens. Und es gehört eben zum Selbstverständlichen dieses Denkens, daß es keine Fremdsprachen kennt. Sprache ist nie fremd und kann nie fremd sein. Mit seinem Odem blies Gott dem Adam alle Sprachen ein.
Alle Sprachen sind von Gott bestimmt, so können alle die Stimme Gottes vernehmen, in sich bergen und mit eigenen Worten wieder verlautbaren oder verkünden. Mag Gott auch im Hebräischen seinen festen Sitz, mag Jerusalem auch Gottes Thronsaal sein, wohnhaft ist ER in allen Sprachen, und ist dem Gedenken und dem Vergessen in einer jeden gleich nah und gleich fern.
Und doch wird es kein Zufall sein, daß Juden gern an Sprachstämmen lehnen, daß viele Juden, immer wieder Juden in allen Sprachen um die Wortwurzeln versammelt und bekümmert sind.
Es muß eine sinaitische Ohrmuschel geben, der zu verdanken ist, daß Juden in so vielen Sprachen Dichter und Sprachforscher sind und mit immer neuen Gedanken zur Sprache das Wort umkreisen, als wärs der Sitz der Seele und des Heils

»Eine Welt brach zusammen« – es war nur ein Wort, das gebrochen wurde

Übersetzen ist immer das erste Verstehen,
und es bleibt das Primäre

Den Juden ist Übersetzen heilige Tat und Werk; es gibt darum für ihn auch kein Original ohne Übersetzung (Targum).
Das Original bleibt heilig, ist aber heilig nicht zu verstehen, es bedarf der Übersetzung

Auch übersetzend kommt man zum Glauben, und dieser Glaube ist doch kein übersetzter.
Luther zwang die Bibel, ihm zu glauben; so entstand die Lutherbibel

Für die Fälschung bürgt einzig die Echtheit

Ein ziemlicher Teil unserer Gedankenwelt ist übersetzt; wie, wenn er uns falsch übersetzt wurde? Es gibt falsch verstandene, gibt es nicht auch falsch übersetzte Gedanken?
Sind Gedanken nicht allemal Gedanken? Sind unsere Gedanken, weil falsch übersetzt, falsche Gedanken? Fälschen wir nicht auch echte Gedanken, auch gut und getreu übersetzte? Ist wahr und falsch nicht recht verstanden oder miß? Belehrt uns das Lexikon über echt und falsch? Muß die Philologie immer herhalten? Ob echt, ob falsch – wir verdanken die Hälfte unserer Gedankenwelt der Übersetzung

Die Bibel – eine fortlaufende Geschichte vom Paradies

Sprache – das ist der Baum des Lebens, der über Nacht zum Baum der Erkenntnis auswuchs

Die Sprache ruht im Schatten
eines Worts;
der Schatten faßt
den ganzen Baum zusammen,
unfaßbar begreiflich

Sprachlaub

Von der Sprache zu mir, von mir in Wortnähe gebracht

Das offenbar Dichterische –
das verborgen Autobiographische

Ergreife ich das Wort,
schon bin ich außer mir

Ich komme nicht zum Thema, ehe ich mich selbst umgangen habe.
Ist es aber nicht Sache der Dichtung, über Dinge zu sprechen, von denen der Dichter nichts wissen kann oder vor denen er sich drücken muß?
Ein Dichter wird nie glauben können, daß man das eine auch mit anderen Worten sagen kann. Doch aber muß ein Dichter über Dinge schreiben können, von denen er nichts versteht, denn nur ihm ist es gegeben, von Dingen zu sprechen, die nicht zu verstehen sind

Ein Hort der Nibelungen
ein Wort, das nie belangt,
ein schieres,
rheingesungen
und reimgekehrt
wie Fisch und Schif
in Wassern
Kitnamors

Ein Wortreich,
in Sprache versunken

Von der Sprache kann nicht die Rede sein

Die Sprache, die ich spreche;
die Sprache meiner Eindrücke;
die Sprache, die mich ausgibt,
als wäre ich selbst ein Wort,
beim Wort zu nehmen –
wie könnte von ihr
die Rede sein?
Wie sollte sie
gemeint sein können?

Man wird zur Sprache
wie zur Welt gebracht;
auf den Gedanken
kommt man selbst

Worte,
die beleuchten;
Worte,
die Schatten spenden;
hingestreute Worte,
mundfern,
schlaftrunken;
Worte,
in Sprache aufgelöst

Jahre –
vertriebene eines Lebtags,
zu einem Gedicht
versammelt

Herrlichkeit
der Hörlichkeiten

Einzigartigkeit drückt sich aus und kommt nicht vor

Es wird vielleicht damit zusammenhängen, daß Goethes folgender, in seinem Nachlaß gefundener Satz an eben diesem Punkt abbricht. Er beginnt: »Wie's kommt, daß eine fremde Sprache uns zum Ausdruck einer seltnen Empfindung mehr ...«

Damit hatte ich ursprünglich vor, mein Thema einzuleiten, durfte ich mich ja in der glücklichen Lage wähnen, Goethe in einem Punkt ergänzen oder gar fortsetzen zu können. Es ist eben leichter, in das Land eines Dichters zu gehen, um ihn zu verstehen, als »die seltene Empfindung mehr ...« aus dieser selbst, während ihres Entstehens den eigenen Worten in den Mund zu legen und beschreiben zu lassen. Dazu reichen auch die weiteste Reise und das ausgedehnteste Studium nicht aus. Dem geht die Verwandlung des ganzen Menschen voraus, wofür es aber doch nie einen triftigen Grund geben kann;

kommen wir doch zur Welt,
nicht um uns,
sondern um sie
zu verändern

Die Sprache schreitet fort, wir bleiben in ihr stecken Oder: Verbindlichkeit ist die Erlösung selbst

Zweisprachigkeit ist nicht selten und bei Juden zumal selbstverständlich; gehört es doch zum jüdischen Selbstverständnis, daß man wenigstens des Hebräischen und des Aramäischen kundig sei. Die Bibel ist hebräisch geschrieben, im Talmud läßt sogar Gott gelegentlich ein aramäisches Wort fallen; sein Lob heißt Halleluja, seine Preisung – Kaddisch. Ein Kind, das im Judentum aufwächst, muß beide Sprachen beherrschen. Zu einem tiefen, gut fundierten jüdischen Selbstverständnis würden heute, nach meinem Dafürhalten, die jiddische Sprache gehören – und die deutsche Literatur. In diesen beiden Sprachen hat jüdische Geistigkeit, wie immer sie gedeutet werden mag, ihren höchsten, und im hier gedachten Sinn auch ihren letzten Ausdruck gefunden.

Die deutsche Sprache spielte das jüdische Schicksal.

Das Schicksal des jüdischen Volkes, von Jiddisch bis Auschwitz, ist deutsch geprägt. Was man für jüdisch hält, was jüdisch haltbar ist, es läßt sich ohne Deutsch nicht breit genug denken, geschweige denn ausdenken.

Was Juden im Deutschen dachten, was Deutsche den Juden angetan haben, das ist das Judentum des 20. Jahrhunderts, auch noch am Beginn des 21sten.

Diese Erkenntnis ist schmerzlich, der Gewinn aus ihr um so größer

Im Aufbruch ist der ganze Weg enthalten

Der Weg zur Sprache ist ein Weg wie jeder andere. Macht man sich auf den Weg, ist auch die Sache eine ausgemachte.
Ich hatte eine Bestimmung und mußte nur aufbrechen. Aufbrechen erfordert nur dann Mut, wenn man seine Bestimmung nicht kennt. Im Aufbrechen Abrahams war schon die ganze Geschichte Israels bis heute enthalten. Das kann man Seite um Seite nachlesen und Wort für Wort einsehen.
Auch mit Goethes Augen und besser noch gegen seine Anschauung:

»Abraham, den Herrn der Sterne
Hat er sich zum Ahn erlesen.«
West-östlicher Divan

In einer Welt, bestehend aus lauter Himmelskörpern, brach Abraham auf und wandte sich vom Himmel ab. Und Gott ging auf ihn zu, verlieh ihm seinen Ausdruck und segnete ihn mit einer nicht auszutreibenden Diesseitigkeit.
»Sieh zum Himmel und zähle die Sterne«, sagte Er zu ihm. Von einem so geistreichen Einfall war Abraham schon weit entfernt. Bereits mit seinem Aufbruch räumte er seinem Herrn den Himmel in seiner ganzen Sicht- und Rufweite ein

Ich wußte, was ich im Deutschen suchte, und daß es nur im Deutschen zu finden sei: Staub und Asche, aber auch Sprachquelle und Redefluß.
Ich sollte mit Steinen sprechen lernen und Grabsteine befragen können, wie sie im Wort stehen. Für das riesige Gebiet, das ich mir erschließen wollte, war es unumgänglich und mußte mir gelingen.
»Mein Fels und meine Burg, so oft in Asche gelegt, wird nimmer morsch«, erwiderte ein Stein meinem Klopfen.
Daß war alles leichter einzusehen, als auszuführen. Man muß sich erinnern, und auch das ist heute nicht mehr leicht, daß es Anfang der sechziger Jahre noch keine diplomatischen Beziehungen zwischen Israel und der Bundesrepublik gegeben hat. Vielen Israelis waren damals solche Beziehungen auch undenkbar und jedenfalls unerwünscht. Fast jeder meiner Generation, erst recht der älteren, hatte sich geschworen, deutschen Boden niemals zu betreten. Kam ein Israeli nach Deutschland, kam er verstohlen, verschämt, verhielt sich kleinlaut und war bemüht, nicht aufzufallen. Ich sollte der erste hebräische Dichter sein, der in der »verbotenen Zeit« sich länger in Deutschland aufhielt. Für die Erschaffung einer *Bibliographia Judaica* öffentlich werbend, erregte ich Aufsehen. Dafür mußte ich lange büßen

Infammilieu

Tel Aviv, 27. Oktober 1963

Lieber Benyoëtz!
[...] Wie ich gehört habe, war in einer hebräischen Zeitung, vermutlich *Ha'arez*, (jetzt schon vor Wochen) wieder ein gemeiner Angriff auf Sie wegen Ihres Aufenthalts in Deutschland. Ich habe den Dreck nie zu Gesicht bekommen, falls Sie ihn aber gelesen haben, sende ich Ihnen zum Trost beiliegenden Ausschnitt, der die ganze Infamie dieser Affenbande beleuchtet. Fühlen Sie sich also von den Kokosnüssen, die Ihnen etwa von den Bäumen an den Kopf geworfen werden, nicht allzu sehr getroffen! [...]
Sehr gefreut hat mich Ihre Nachricht, daß B. mir das Manuskript eines neuen Gedichtbuches von Ihnen zeigen wird.
Schreiben Sie bald Ihrem, Sie herzlich grüßenden
Paul Engelmann

Kräfte und Gegenkräfte

London, 14. Dezember 1963

Lieber Freund,

[...] es soll Ihnen gut gehen, Sie sollen Ihre Arbeit in Deutschland gut fördern und bei der merkwürdigen Aufgabe, die Sie sich gestellt haben, vielleicht dazu helfen, das trotz allen Aufklärungen geheimnisvolle deutsch-jüdische und jüdisch-deutsche Verhältnis zu enträtseln, das wohl Israel aktuell nicht gar so viel angeht, aber doch zur Durchdringung seiner Geschichte sehr wichtig ist.

Sie haben die nötigen Gegenkräfte in sich und den richtigen jüdischen Halt, um Deutschland auszuhalten, ohne sich an ihm zu verlieren, an ihm wundzureiben, ohne von ihm überwältigt oder durch Entgegenkommen unterjocht zu werden. Also sammeln Sie und nehmen Sie einmal von dort mit, was in 1000 und besonders in den letzten 200 Jahren dort jüdisch gewesen ist und dort noch mehr lebt, als es der Massenmord töten konnte. [...]

Schalom! Ihr H. G. Adler

Glückwunsch und Verruf
Redaktion »Hapo'el Hazair«

Tel Aviv, 11. August 1964

Mein lieber Benyoëtz,
mein Glückwunsch zu deinem neuen Gedichtband. Ich werde mich bemühen, einen Rezensenten zu finden; leicht wird es nicht sein. Dein Aufenthalt in Deutschland hat Dich in Verruf gebracht, ein hiesiger Schriftsteller wäre darum kaum in der Lage, sich Deiner vorurteilslos anzunehmen. Sei gegrüßt
Israel Cohen

Glaubte ich an meine dichterische Sendung nicht, ich ginge daran zugrunde.
Doch war ich fest entschlossen, die Literatur der Juden in ihrer Vielfältigkeit kennenzulernen und für die gemordeten, verschollenen und vergessenen Dichter alles zu tun, was ein Dichter tun kann. In dieser Entschlossenheit ging ich dann so weit, daß es für mich keinen Weg mehr zurück gab. Der Schmerz darüber war einschneidend. Zwischen Einschnitt und Schmerz tauchte aber ein Abgrund auf und begann, fremde Blüten zu treiben. Fündig geworden, suchsüchtig um so mehr. Die große Beute, die mir durch Forschung und Nachforschung zuteil wurde, war auch am Ende noch der Preis, nicht der Lohn. Denn während ich auf den Spuren meiner Väter wandelte, bin ich wie sie, bin einer von ihnen geworden. Sie brauchten meinen Abgrund, um ihre Blüten weitertreiben zu können

Es mußte einen geben, den es nicht gab

Die jüdisch-deutsche Literatur, als sie zerstört wurde, strebte ihrem Gipfel zu, sie war nicht in allen Bereichen vollendet, in manchem auf dem ersten Sprung, sicher fehlte noch einer, der auch einer wäre, und seis im Kommen. Diesem wird man immer nur vortrauern können. Denn Kommen, und wärs ein noch so großes, gilt nicht im Nachhinein

Die Uhr läuft im Lauf der Zeit, bleibt auch stehen, wie Uhren es lieben.
Ewigkeit ist leicht einzuholen, mit dem nächsten Schlag wird sie auferstehen.
Rechtzeitigkeit aber, den Ausschlag gebend, trübt den Augapfel des Rückwanderers

Es gab in Deutschland das Hebräisch, es gab das Deutsch und es gab das Jüdisch-Deutsch, ein Herz und drei Seelen.
Das jerusalemvolle Denken, das sich die Sprache für seine jeweilige Erwähltheit aussucht und nicht aufdrücken läßt, dieses fehlte dort.
Die jüdisch-deutsche Literatur, währte sie auch nur zweihundert Jahre, war intensiv, fruchtbar und groß genug, um als eine Art babylonischer Talmud gelten zu können. Aber der *Talmud Jeruschalmi*, der Jerusalemer Talmud, fehlte. Als hebräischer Dichter nach Deutschland kommend, hatte ich seinen Blick in meinen Augenwinkeln

Der Zeitpunkt, die Sprachstunde

Meinem israelischen Bewußtsein verschließt sich alles Deutsche, aber durch die deutsche Sprache, wie sie mir die Dichtung offenbarte, begreife ich die Situation eines deutschen Juden zu jedem Zeitpunkt, in seiner jeweiligen Sprachstunde, und teile sie.
Deutsch schreibend, nehme ich Anteil an dem vergossenen, an dem verflossenen Leben und verschreibe mich der Zukunft alles buchstäblich Vergänglichen

Die Zukunft
rollt den Teppich
der Vergänglichkeit
auf

Vergänglichkeit –
der Siegeszug
der Dauer

Vergänglichkeit ist die Melodie alles Vorläufigen. Ausgedehnt und bedauert. Vergänglichkeit wird begangen, und sie erstreckt sich weithin, weitaus.
Niemand würde aus meinen Texten entnehmen, daß ich in Tel Aviv fast geboren und daselbst Strand- und Straßenkind war. Ich wollte immer in die Welt hinausschwimmen, am Ende saß ich im Zug und hörte das entsetzliche Rollen von Wien bis Köln

Züge,
deutsche Atemzüge

Muttersprachkomplex
Oder: Die endgültig bergende Heimat

Zürich, 30.1.63

Lieber junger Freund,
Wir haben mit Erstaunen festgestellt, daß Sie von Wien nach Köln geraten sind [...]. Es scheint, Sie haben Heimweh, und dieser greuliche Winter ist dazu angetan, von dem sanfteren Mittelmeerklima zu träumen [...].
Ihre Sprachtheorie, daß die deutschen Dichter jüdischer Abstammung in der deutschen Sprache nie ganz daheim waren, macht mir schon darum Schwierigkeiten, weil die Nazi das behauptet haben. Wenn Sie aber das Problem vom Jüdischen aus erweitern und verallgemeinern, indem Sie sagen: Der Mensch vermag nicht aufzugehen in der Sprache – jeder Sprache –, weil er metaphysischen Wesens und in seiner eigenen Schöpfung nicht die endgültige bergende Heimat finden kann, wenn Sie es so meinen, bin ich schon eher einverstanden [...].
Ihr Muttersprachkomplex, von dem Sie schreiben, ist mir begreiflich; ich möchte Ihnen nur raten: Schreiben Sie, dichten Sie täglich etwas in Hebräisch – es braucht nicht für die Ewigkeit zu sein, sondern für die Stunde, wo Sie die Nähe zur Muttersprache nur aktiv, nur schöpferisch zurückgewinnen können.
In Ihrer Nähe, Düsseldorf, kam Heine zur Welt, der Jahrzehnte in Paris, in fremder Umgebung lebte und seine Dichtersprache dagegen behauptet hat. Er ist

ein Vorbild, ist es auch dafür, daß etwas im Menschen die Sprache, das Sagbare transzendiert.
Seien Sie nicht traurig, Ihre Jugend verlangt von Ihnen auch Freude.
Schalom!
Ihr Max Rychner

Exil – Tragödie
Galut (Verbannung) – Katastrophe

Aus Europa vertrieben, erwachte ich mit drei Jahren auf einem nicht entweihten Sprachboden. Das Bewußtsein eines ungestraft und nicht vergeblich unter Palmen Wandelnden wurde mir zuteil. Recht früh hatte ich die Gewißheit, Dichter zu sein, und habe auch bald die nötigen Förderer gefunden. Die ersten gehörten noch zu den Gründern der neuen hebräischen Poesie, so durfte ich mich, obwohl nicht mehr am Anfang stehend, dem Glauben hingeben, es würde mit mir etwas beginnen.

Der mir am meisten zugeneigte Dichter Ja'akov Kahan war der bedeutendste Goethe-Übersetzer seiner Zeit; wir verdankten ihm den *Faust*, den *Tasso*, die *Iphigenie* – und er sprach mit mir goethisch. Daß er, der 1912 in Warschau die Zeitschrift *Ha'ivri hechadasch* – »Der neue Hebräer« – gründete, in Tel Aviv goethisch denken und sprechen konnte, war ihm die reinste Erfüllung. Und ich hatte Grund zu glauben, der neue Hebräer zu sein. Von Kahan stammt die Zeile:

»*Hagalu't äjna rak onesch, ki im gam awo'n pelili'*« –

Das Leben in der Verbannung
ist nicht allein eine Strafe,
sondern auch eine Missetat

Mit mir, wenigstens bei mir, hörte die Galut auf. Mein Himmel und meine Erde und das sich zwischen bei-

den so herrlich erstreckende Meer hatten keinen Horizont für sie.
In diesem Bewußtsein verließ ich Ende 1962 mein Land, um in das mir fernste zu reisen, nach Österreich, das Land, in dem ich 1937 zur Welt gekommen bin.
Dieser Rückweg konnte direkt aber nicht eingeschlagen werden, er mußte mich über Zürich führen, wo Margarete Susman thronte.
Damit trat ich wieder in den Umkreis der Katastrophe, die man heute besser versteht denn je, aber nicht mehr fähig ist, anders auszudrücken als poetisch oder wortgefällig; untertönig oder überschwenglich. »Exil« ist Tagungsthema geworden; Forscher und Nachforscher gefallen sich im Wort, Dichter und Nachdichter sind in ihre Identitäuschung vernarrt. Uns aber, den im Zeichen der Galut so lange Gestandenen, ist Exil kein Tagungsthema, sondern die Erinnerung an die längste Nacht eines mit Gott geschlagenen Volkes.
Im Wort *Galut* ist das Verdämmern einer Herrlichkeit und das Verlöschen eines Frohsinns enthalten, zugleich aber auch ein letzter Zusammenhalt vom Volk Israel und seinem Gott. *Galut* – ein Wort, durch kein anderes zu ersetzen, geschweige denn aufzulösen:

Verdämmert ist die Fröhlichkeit all,
fortgeschleppt die Wonne des Landes.
Jesaja 24, 11

Gala' chavo'd mijisrael.
Gewandert ist die Ehre aus Israel.
1. Samuel 4, 21

Ein Exilprophet, Ezechiel, Prophet der Umkehr
Ein Zitat

»Der Tempel ist zerstört, das Land innerlich zerfallen, äußerlich verwüstet, das Volk hinweggetrieben, es hat weder Kultstätte, noch Staat, noch Heimat mehr, was tut nun der Prophet mit dem verstörten Volke?
Er klagt nicht mit ihm um das Verlorene. Aber er versucht zunächst auch keineswegs, es aufzurichten. Er führt es im Gegenteil, indem er ihm seine eigene Schuld an dem Geschehen einhämmert, erst in die ganze Tiefe seines Unglücks hinein. Tiefer, immer tiefer stößt er es hinab in die Nacht seiner Verlorenheit, um so hindurchzustoßen in den Sinn seines Schicksals. Denn ihm ist gewiß: durch das Schicksal des Exils selbst will Gott sein Volk an sich reißen, zu sich emporreißen. Und doch erscheint dies im höchsten Grad widersinnig. Denn im Exil, in der Zerstreuung unter die anderen Völker mit ihren leichteren, bunteren, lockenderen Diensten wächst die Gefahr, von ihnen hingenommen zu werden, unermeßlich an. An diesem Punkt äußerster Gefährdung setzt der Prophet ein. Der Baum des Volkes ist aus dem heimatlichen Erdreich ausgerissen, er wächst und wurzelt nicht mehr. Da wird Ezechiel gewiß: die Wurzelung war verfehlt. Und nun geschieht das Ungeheure: der Prophet ergreift mit gewaltiger Hand den im Leeren hängenden Baum, reißt ihn vollends heraus aus dem alten Erdreich, reißt auch noch die letzten Wurzelfasern, die sehnsüchtig im Heimatboden hängen, aus, reißt

ihn herum in die entgegengesetzte Richtung und pflanzt ihn in einer ungeheuren Umkehrung gegen alles natürliche Wachstum, die Wurzeln nach oben, wieder ein.
Diese Umwurzelung, die Einwurzelung in Gott ist von je der innerste Sinn Israels.« Margarete Susman

Die Seherin von Zürich
Oder: Wie ich zu Margarete Susman kam

Ich war in den Jahren 1958–1960 Lektor und Bibliothekar am Rabbi Kook Institut, Jerusalem, und hatte vorübergehend mit deutschen Zeitschriften zu tun, die außer mir in diesem Institut keiner lesen konnte, ich selbst auch nur unzulänglich und mit Mühe. Eine dieser Zeitschriften, eine mit vornehmem Satzspiegel, hieß *Der Morgen* und war im Philo-Verlag, Berlin, erschienen: ein jüdischer Verlag mit apologetischem Schwergewicht; kurz vor dem Untergang des deutschen Judentums gegründet. Auch *Der Morgen* war nicht aus dem Geist des Morgenlandes geboren, und die, die die vornehme Zeitschrift lasen, merkten nicht, daß es Abend geworden war, und die Macht der Finsternis sich ausbreitete. *Der Morgen* erschien tatsächlich bis in die Nacht hinein. Und so brach für mich ein Morgen an und mit ihm die Paradoxie meines Lebens. *Der Morgen* heißt auf hebräisch wortgetreu und titelmäßig *ha-Schachar*, und so hieß eine hebräische Zeitschrift, die siebzig Jahre vorher in Wien erschienen war und soviel bedeutete wie die Morgenröte einer neuen hebräischen Literatur und das Erwachen eines neuen jüdischen Nationalbewußtseins. An diesem gemessen, war der Berliner *Morgen* ein tragischer Anachronismus; für unsereins im Israel der fünfziger Jahre gar nicht zu fassen. Gegeneinander und einander gegenüber hatte ich beide Zeitschriften auf meinen Regalen. Und doch hatte die Berliner Zeitschrift den großen Vorzug des literarischen Niveaus und des unverwüstlichen Stils. Sie war mit Vergnügen zu lesen. Das war *ha-Schachar* schon lange nicht mehr. Für den Anfänger, der sich ins Deutsche allmählich hineintastete, war schon das bloße Blättern eine Labsal. Alles daran roch angenehm nach Qualität.

Bei diesem Durchblättern geschah es nun, daß ein Unverhofftes in mein Leben einbrach. Das ereignete sich im 5. Jahrgang, im Aprilheft des Jahres 1929, zwischen den Zeilen eines Aufsatzes, betitelt: *Kafka und das Hiobproblem*. Ich las ihn mehr mit Ohren als mit Augen und mit allen Fingern, die ich dann nacheinander ableckte. Hier war unleugbar der Anfang eines Verständnisses nicht bloß für Kafka, sondern auch für uns heute, die wir Kafka zwar nicht vergessen können, aber schon vergessen dürften, denn was vor seinem seherischen Blick aufging, ist nur der von uns gebliebene Rest. Wäre er kein Dichter, er könnte bei uns in die Schule gehen. Aber Anno 1929 gab es noch nicht einmal diesen Kafka, und keiner war da, der es vermochte, ihn auf das Hiobproblem von morgen und übermorgen zu führen, bis auf die eine, die Margarete Susman hieß. Das nämlich war der Name der Verfasserin, und ich vernahm ihn hier zum ersten Mal.

Meine Reaktion auf den Aufsatz war die eines *Spätgeborenen*, die Unruhe, die mich packte, schien mir selbst unzeitgemäß. Der Aufsatz tat längst seine Wirkung, und seine Botschaft erreichte die besten der Zeitgenossen; nur hatte ich das alles damals weder gewußt noch wissen können. Mich traf die Sichtweise und die

Stimme, die da zu mir, ja nur zu mir sprach. Daß die Verfasserin Dichterin sei, stand für mich außer Frage. Ich machte mich unverzüglich auf die Suche und fand tatsächlich Gedichte von ihr in Anthologien. Es blieb nun die entscheidende Frage: Lebt sie noch? Meine Nachrechnungen liefen auf *unwahrscheinlich* hinaus. Die Frau, die diesen Aufsatz geschrieben hatte, konnte, als sie ihn schrieb, nicht mehr jung gewesen sein. Die Zeitschrift selbst sprach andererseits nicht von einer Klarsicht, die ein Entrinnen und Überleben versprochen haben würde. Wer da schrieb, war dem Deutschen verfallen.

Margarete Susman wäre demnach entweder von den Nazis gemordet oder vom Alter eingeholt. Ich begann herumzufragen und hatte bald Glück. Mit Übersetzungen aus dem lyrischen Werk der Lasker-Schüler befaßt, stand ich in Kontakt mit deren Nachlaßverwalter, dem Dichter Manfred Sturmann. Eines Tages fragte ich ihn, ob ihm der Name M. S. etwas sage.

O ja, sagte er, eine große Dichterin, und sie lebt in Zürich; hochbetagt und dem Erblinden nah. Meine Freude war ohne Ende. Hochbetagt, dem Erblinden nah, jedoch: auf dieser Welt, ansprechbar und liebzuhaben. Ihr Geburtstag, der 85., denke ich, stand bevor. Ich säumte nicht, ich übersetzte schnell aus den von mir bereits zusammengetragenen Gedichten und ließ zwei, die mir besonders glückten, mit ein paar Zeilen als Geburtstagsgruß noch rechtzeitig abdrukken. Das war ein erster, lebendiger Gruß aus der ihr verlorengegangenen Heimat. Ihre alten, ganz deut-

schen Gedichte suchte ich hebräisch zu beseelen. Das war der Anfang. Zu diesem gehörte ein Bild, das Gustav Landauer von ihr entworfen hatte und das ich in seinen Briefen fand, ein Bild, das mir unvergeßlich bleiben sollte:
»Ich möchte Sie einer Palme vergleichen dürfen und meine damit: in Ihrem nach der Höhe und Tiefe Begehren, in Ihrem Verkehr mit den Säften der Erde, der hohen Luft und dem Licht sind Sie eine durchaus erhabene, heroische Natur.«
Ich hörte von da an nicht auf, sie als Palme zu sehen und im Verkehr mit den Säften der Erde, der hohen Luft und dem Licht.
Ich hatte damals auch einen Traum von ihr: Gustav Landauer war Herr von Bendemann im Traum. Es war mein erster jüdisch-deutscher Traum, und es war auch der Traum von der ankommenden Großmutter.
Von diesem Anfang muß ich zum Ursprung zurückkehren, zu meinem Elternhaus in Tel Aviv. Im Jahre 1944, wenige Monate nach dem Tod meines Vaters, hieß es, die Großmutter und die Urgroßmutter dürften Budapest verlassen und sie wären eben im Kommen, gerade, bald ...
Mein Schwesterlein und ich – ich sehe es wie heute –, wir liefen hinaus über einen nahen Hügel. Rundherum pflückten wir Margaritkelech für die geliebten Großmütter, die da unterwegs zu uns waren. Allein, sie waren nicht im Kommen und trafen nie ein. Die Erwartung wurde furchtbar enttäuscht. Sie wurde zu einer tiefen, ewig klaffenden Entbehrung. Was mir von

Großmutter und Urgroßmutter blieb, war nichts als diese Erinnerung an den Hügel.

Was mich beim Lesen jenes Aufsatzes so unverhofft ergriff, war das Erwachen des Lückenschmerzes und damit auch der Hoffnung auf ein Zusammenwachsen des auseinandergerissenen Gefühls. Ich war entschlossen, meine Großmutter zu finden, und also entschlossen, nach Zürich zu reisen.

Als ich endlich das Dachzimmer in der Krönleinstraße 2 betrat, trat ich zwar vor die hin, die da thronte, der Boden war aber längst Heimatland, und was sich ereignete, war ja auch schon längst geschehen; bei mir wie bei ihr, bei ihr nicht weniger als bei mir. Ich habe sie gesucht, sie hatte auf mich gewartet. Sie ist mir ganz natürlich geworden, was sie mir – und nur mir war: Großmutter. Und so natürlich, von urher bestimmt und jäh wurde ich ihr Enkel. Allerdings war sie auch noch die Seherin und ich auch der Wanderknabe. Das galt der Phantasie und dem endlosen Gespräch. Wir hörten keinen Augenblick auf, Dichter zu sein.

Das war mein spätes »*Morgen*-Glück«, aber auch schon der Anfang einer Reise an das Ende meiner Nacht: mit dem neuen, ebenso echten wie falschen Ahnenpaß, als Enkel Margarete Susmans und dadurch legitimiert, ins deutsch-jüdische Schattenreich zurückzukehren und das Erbe, für dessen Schwere mir die Schulter noch nicht gewachsen war, anzutreten

Wer wüßte nicht gern, was er zu wissen glaubt

Ein Mensch geht in sich, immer weiter geht er in sich, dreißig Jahre ist er schon in sich gegangen, und er würde weiter in sich gegangen sein, wenn er sich dabei nicht derart verloren hätte, daß er zu einer doch sichtbaren Spur geworden ist.
Wie mochte das gekommen sein? Was meint die Erinnerung dazu?
Der August 1963 sah mich an meiner Idee der Erschaffung einer *Bibliographia Judaica* bereits so tief engagiert, daß sich ein erster Widerspruch zu meiner »dichterischen Sendung« geltend machte. Meine Freunde, der Architekt Paul Engelmann und der Religionsphilosoph Hugo Bergmann, die mich mit guten Gedanken und guten Empfehlungen ins Deutsche begleitet hatten, meldeten Bedenken an.
In dieser Beklommenheit kam ich zu Ernst Bloch. Da er wußte, daß ich bei Margarete Susman hoch im Ansehen stand, redete er zu mir nicht ganz rebbisch und nicht nur mit Zungen. Und also sprach er zu mir, der seine deutsche Sprache mit seinem ganzen »Stirb und Werde« liebte, wie ich meine hebräische:
»Was macht denn das Rückgrat eines Volkes aus? Wohl doch seine Sprache. Und was ist denn das Rückgrat des deutschen Volkes? Doch wohl Luthers Bibelübersetzung. Demnach ist Deutschland weiter nichts als eine Provinz des Hebräischen. Und nun wäre es Ihre Aufgabe, als hebräischer Dichter, diese Provinz zu erobern und zu verwalten.«

Eine Art literarisches Ghetto
Oder: Das einzig Wahre

Frankfurt a. M., 6. September 1963

Lieber Elazar,
Sie finden anliegend einen feierlichen Maschinentext, wenn Sie ihn verwenden können bin ich froh, wenn er ganz falsch und blöd ist, in den Papierkorb damit. Dolf Sternberger ist verreist und niemand weiß wohin, alle Professoren die ja jetzt Ferien haben sind fort, aber Adorno schon wieder zurück, ich habe mit ihm ausgemacht ihn am Sonntag zu treffen. Eppelsheimer werde ich heute Abend anrufen. Soviel ich mich erinnere äußerte er bei einem Gespräch über die B[ibliographia] J[udaica] die Bedenken die ich zuerst auch hatte, aber nicht mehr habe: daß es gerade uns Deutschen schlecht anstünde eine Art literarisches Ghetto aufzurichten und daß die großen Schriftsteller und Dichter jüdischer Herkunft (etwa die Lasker-Schüler) ohnehin in den deutschen Parnaß eingingen (nicht E's Worte).
Inzwischen meine ich daß wir sie, die großen jüdischen Dichter vielleicht schon wieder zu selbstverständlich für uns in Anspruch nehmen und die poeti minori [!] völlig unter den Tisch fallen lassen.
Danke sehr für die lieben Briefe, ich zuckte selbst zusammen, hörte die Züge donnern, wie jung und wie stark Sie doch sind daß Sie solche »Prüfungen« auf sich nehmen.
Ihre Gedichte habe ich, mit vielen kleinen soge-

nannten Verbesserungen noch immer hier, warte auf den Herrn Verfasser, so etwas läßt sich nur durch*sprechen*.
[...] Ich arbeite immer noch an meinen Kurzgeschichten, wünschte ich könnte wieder Gedichte machen was eben doch das einzig Wahre und Schönste ist. Aber Sie werden das Märchen der Dichter schreiben.
Viele liebe Wünsche
Ihre Marie Luise Kaschnitz

Die wahre Folge ist die ungezogene Konsequenz

Bis 1933 war es möglich, in Deutschland und im Deutschen jüdisch zu denken. Deutsch war einmal jüdisch tragfähig; man durchdachte es nicht nur, man glaubte sogar, sich selbst darin ausdenken zu können. Das Deutsch, in das man sein Judentum hineindenken konnte, gibt es nicht mehr.

Ich weiß nicht mehr,
weshalb ich bin,
wesganz ich war

Eingebildet deutsch, ausgesprochen jüdisch

Man kann die deutsch-jüdische Literatur nicht verstehen, ohne ihre eigenen Voraussetzungen zu begreifen; nämlich, daß sie von deutschen Juden *und* für Deutsche geschaffen worden ist.

In dem scheinbar aufgeklärten Raum, in den sich der Jude frei hineindenken konnte, konnte er sich auch frei aussprechen. Das konnte er, weil er wenigstens mit *einer* Art Verständnis rechnen durfte.

Der ins Deutsche eingehende Jude dachte nicht, er könnte unverstanden bleiben. Er sprach schon (wieder) zu Juden, während Mendelssohn zu ihnen noch nicht sprechen konnte

Und ich –
ein Jude nach Auschwitz,
ein Israeli in Jerusalem –
auf Mendelssohn
zurückgeworfen

Vom Klang der Namen
Oder: Die Versenkung in die Sache selbst

In meiner Poetik spielen die Namen, alle Namen eine bestimmte Rolle. Lautlos, doch nicht von ungefähr, tauchen sie auf, horchen sich ein, klingen aus und hallen gegen Ende, beim Ausklang, in den Anmerkungen wider. Wortein, wortaus streifen sie das Buch entlang, fixiert einzig durch einen »physiognomischen Blick«. Einige werden ausgerufen, gelangen jedoch nicht über ihren Vorschein hinaus; sie scheinen etwas erzählen zu wollen, und lassen sich doch nicht vernehmen. Auch diese gehören zum Buch, obschon nicht recht hinein.
Nun möchte ich einen Namen nennen, der in meinen Büchern überhaupt nicht vorkommt, der aber doch zu ihnen gehört und nicht fehlen darf

Frankfurt a. M., 28. Jan. 1964

Sehr geehrter Herr Benyoëtz,
es ist wirklich schade, daß es nicht zu unserem Gespräch gekommen ist, denn Ihr Plan ist so wichtig und produktiv, daß er der allerernstesten Aufmerksamkeit bedarf. Unbedingt meine ich, daß die Grundkonzeption fruchtbar ist und eine überaus wichtige Funktion gerade auch in Deutschland erfüllen kann. Aber ich meine allerdings, daß der Plan einer wesentlichen Modifikation bedarf, nicht nur um sich zu konkretisieren, sondern auch um das geistige Gewicht zu gewinnen, das doch wohl Sie in erster Linie davon erwarten.

Ich meine, man müßte von der rein quantitativen und geistig allzu unverbindlichen Gestalt einer bloßen Bibliographie loskommen und in einem höchst verantwortungsvollen Buch wirklich etwas *Qualitatives* über den jüdischen Anteil an der deutschen Geistesgeschichte schreiben, wobei übrigens noch die Frage zu klären wäre, ob es sich dabei wirklich um etwas wie eine »Symbiose« und nicht um ein viel tieferes Verhältnis wechselseitiger Durchdringung handelt.
Mein Vorschlag wäre, das Buch nicht bloß in den beiden Richtungen des Bibliographischen und Biographischen anzulegen, sondern vor allem unter sachlichem Gesichtspunkt, also nach der geistigen Relevanz jenes Anteils. Mir jedenfalls würde es aufs äußerste widerstreben, bloß weil beide Juden waren, Alfred Kerr auf gleichem Niveau mit seinem Todfeind, dem Genie Karl Kraus, oder Stefan Zweig auf demselben wie Kafka zu behandeln.
Die Forderung, möglichst wenig zu werten, entspricht zwar den gängigen Wissenschaftsvorstellungen, scheint mir aber gegenüber der Tiefendimension dessen, was Sie aufwerfen, nicht zulänglich zu sein. Ich weiß nicht, ob Sie mit meiner eigenen philosophischen Arbeit vertraut sind – sollten Sie es sein, so werden Sie gewiß verstehen, daß ich auch nicht glaube, daß man den Rang von Autoren bestimmen kann, indem man »gewisse unumgängliche Wertmaßstäbe« erarbeitet, sondern nur durch Versenkung in die Sache selbst. Und ich glaube allerdings, daß das Gelingen Ihres Unternehmens davon abhängt, daß es von

allen gängigen Vorstellungen über solche Fragen radikal sich unterscheidet. Das ist auch der Grund, warum ich so sehr bedaure, daß wir uns bisher nicht unterhalten konnten, denn wie ich mich schließlich selber zu dem Vorhaben stelle, wird davon abhängen, wie Sie jene Fragen anzufassen gedenken. Vielleicht findet sich, nach Semesterende, doch eine Möglichkeit ...
Ihr sehr ergebener
Theodor. W. Adorno

Die Möglichkeit hatte sich gefunden und das gewiß unumgängliche Gespräch fand statt. Doch war es leider mehr aufklärend als erhellend. Ich allerdings konnte von meiner Position nicht abweichen, denn ich war davon überzeugt, daß zuerst das weite Feld abgesteckt und beackert werden müsse. Mir selbst war ja auch klar, daß Stefan Zweig und Kafka nicht auf demselben Niveau behandelt werden könnten, nicht klar hingegen war mir, ob es nur einen Kafka gegeben hat.
Es mußte noch viel gelernt werden, um den Mund problemgerecht und wahrheitsgetreu auftun zu können.
Meinem Antrieb zum Lernen stand ja das so hinderliche Umlernenmüssen nicht im Wege. Eben darin habe ich mich von meiner eigenen Generation und allen meinen älteren Gesprächspartnern in Deutschland unterschieden. Es war ein großer, doch wenig vorteilhafter Unterschied: ein »Reichtum, bewacht

von seinem Besitzer zu seinem Unheil« (Kohelet 5, 12); ich hatte für ihn zu büßen.
Es war das Jahr 1964, und eben höre ich mich noch zu Adorno sagen: »Ich habe auch keine Lust, wieder und weiter über Kafka, Kraus und Lasker-Schüler zu reden. Das Eifern für die zehn Anerkannten erwies sich bisher doch als zu sehr geeignet, die vielen andern nicht aus dem Dunkeln hervortauchen zu lassen!«
Ich gebe nun gern zu, daß es im Jahre 1964 auch schon einige in Deutschland gab, die bis 30 oder auch bis 40 zu zählen wußten, ich aber wollte die Tausende kennenlernen, weswegen, deren Spuren folgend, ich mich urplötzlich in Frankfurt am Main, in Gesprächen mit Adorno, Eppelsheimer, Horkheimer, Arthur Hübscher und Marie Luise Kaschnitz verwickelt fand. Fand?
Ich war damals auf der Entdeckungsreise meines Lebens. Adorno hatte seine Reise schon hinter sich. So war eine Verständigung zwischen uns über den von mir ausgearbeiteten, vor ihm ausgebreiteten Reiseplan nicht gut möglich, obschon er unleugbar selbst auch auf diesem Plan stand.
Er konnte mir also nicht helfen, und ich konnte von seinem Namen, bei der Werbung für eine *Bibliographia Judaica*, nicht lange profitieren.
Aber während ich eine entgegengesetzte Richtung einschlug, blieb mir sein Brief unverrückbar wegweisend. Schließlich konnte es nur so sein, wie er sagte: »nur durch Versenkung in die Sache selbst«.

Und nun, knapp vierzig Jahre später, kann ich vernehmen, was ich immer wieder in seinem Brief gelesen habe: »Und ich glaube allerdings, daß das Gelingen Ihres Unternehmens davon abhängt, daß es von allen gängigen Vorstellungen über solche Fragen radikal sich unterscheidet.«

Dies möchte ich heute – nicht für die *Bibliographia Judaica* – wohl aber für das Resultat meiner Versenkung in die Sache selbst: für meine Bücher *Treffpunkt Scheideweg* und *Allerwegsdahin* in Anspruch nehmen

In den Sachen dieses Buches hat kein Deutscher Autorität

Berlin, 3.5.1988

Lieber Elazar,
[...] Dies ist das Manuskript eines bedeutenden Buches.
Die von Ihnen gewählte Lösung, die Aphorismen mit Prosatexten verschiedener Art zu verbinden, erscheint uns sehr angemessen und fast notwendig. Es war ja immer ein Problem der Aphorismen, daß sie einzeln oder in kleinerer Anzahl stärker auf den Leser wirken als in einer langen Reihung über viele Seiten hinweg. Deswegen hatten wir ja auch früher schon lebhaft zugestimmt, wenn immer mehrere Aphorismen zu einem Gedicht zusammenwachsen. [...]
Nun also, im Wechsel und in der Mischung mit den verschiedenartigen Prosatexten, scheint mir das genannte Problem im Prinzip gut gelöst zu sein.
Zu dem aphoristischen Teil habe ich mich schon früher geäußert. Auch jetzt, beim Wiederlesen, ist der Leseeindruck sehr stark. Es sind wohl Ihre besten Aphorismen. Diesmal hat sich »Halbjüdisch – fragment-*arisch*« besonders in meinem Gedächtnis/Gewissen festgehakt.
Ob Sie vielleicht die Aphorismen, wenn sie nicht stärker mit Prosatexten vermischt werden, durch weitere Zwischentitel gliedern können? Das könnte zu einer gewissen Rhythmisierung der Lektüre beitragen.
Nun zu den Prosatexten mit ihren verschiedenen Formen. Sie haben uns am meisten beschäftigt, am mei-

sten auch zugesetzt. Es sind Texte von großer Kraft und Eindringlichkeit, und es ist gut, daß Sie – der Mann »zwischen Eiche und Zeder« – diese Texte nicht länger zurückhalten wollen. Unvergeßlich: das vergebliche Warten auf die Großmutter und die Urgroßmutter, mit den »Margaritkelech« in der Hand. Und dazwischen dann das Gedicht, wenn es so heißen darf: »Und ich – ein Jude nach Auschwitz ...« Alle Ihre Texte, die auf die »Frage der Fragen« zielen oder zu ihr hinlenken, sind sehr zuchtvoll geschrieben, sehr gerecht in ihrem Urteil, und sie haben das ganze Gewicht der Geschichte auf ihrer Seite. Sie haben in mir wieder das blanke Entsetzen wachgerufen, das wohl die einzig mögliche Einstellung der gnadenlos Nachgeborenen zum Holocaust bezeichnet. Hier hört folglich auch bei mir die Kompetenz des Kritikers auf, und ich kann mich nur stumm in die Reihe der Deutschen einreihen, die Ihrem Volk dies angetan haben. Daraus folgt allerdings auch wohl, daß Sie für dieses, wie es jetzt Gestalt angenommen hat, keinen Deutschen als Verfasser eines Vor- oder Nachwortes wählen sollten und vielleicht überhaupt niemanden. Denn zum Verfasser eines Vor- oder Nachwortes nimmt man ja nach den Regeln des literarischen Lebens eine Person, die in der Angelegenheit des betreffenden Buches über eine bestimmte Autorität verfügt. In den Sachen dieses Buches hat kein Deutscher Autorität. Ich glaube also, daß dieses Buch seinen Weg alleine gehen muß – und gehen wird.
Stets Ihr Harald Weinrich

Alles sagen, sich hüten, alles gesagt zu haben

Um mehr und viel mehr sagen zu können, muß man sich immer wenigerer Worte bedienen. Ausgeführt kann immer nur eines werden. Wer vieles sagen will, muß seine Worte wählen, damit auch jedes Wort zu Wort komme. Das kommt im Leben selten vor, das geschieht in der Dichtung

Läßt man Worte fallen,
wird die Sprache ungehalten

Spricht man mit sich, ist man gewarnt

In *einer* Stunde, sagte Ernst Gundolf, kann man alles sagen, was es gibt.
Nimmt man sich das nicht vor und schaut niemand auf seine Uhr, dann kann man in einer Stunde allerdings alles gesagt haben.
Doch ist Sagen eine Sache, Erzählen eine andere.
Wie gern läßt man sich doch etwas erzählen und wie ungern etwas sagen

Das Leben,
sagt ein hebräischer Dichter,
ist eine Geschichte;
man muß sie gut erzählen können,
um gelebt zu haben

Das Finden des Sinns heißt suchen

»Elazar erfuhr ein Schicksal, desgleichen ich sonst nie gehört habe. Nachdem er bereits mehrere hebräische Gedichtbände erfolgreich veröffentlicht hatte, faßte er, 26jährig, einen bedeutsamen wissenschaftlichen Plan: Er beabsichtigte, ein Lexikon sämtlicher jüdischer Schriftsteller, die zur schönen deutschen Literatur beigesteuert hatten, mit allen ihren Arbeiten herzustellen; der Wert dieses Lexikons sollte in dessen Lückenlosigkeit gelegen sein, und es war dessen Zweck, den riesenhaften Anteil der Juden an der deutschen Literatur endgültig festzustellen. Das Unternehmen forderte viel Spürsinn und Phantasie, brachte reiche Entdeckungsfreuden und ebnete den Weg zu interessanten Persönlichkeiten, aber es war eine Sisyphusarbeit, die auch in Jahrzehnten nicht beendigt werden konnte, und Elazar sah sich gezwungen, sie als Fragment abzubrechen, die Fortsetzung einer Mitarbeiterin zu überlassen und fluchtartig nach Israel zurückzukehren, weil er fürchtete, sich selbst zu verlieren. Es war etwas Unfaßbares geschehen. Elazar war der Landessprache nur mangelhaft kundig, als er nach Deutschland kam. Während seines ausgedehnten Aufenthaltes bemächtigte sich die deutsche Sprache seines Geistes, unterjochte ihn und beherrschte ihn als seine Gebieterin so völlig, daß er anfing, deutsch zu denken, zu schreiben und zu dichten. Zugleich ergab sie sich ihm wie eine Liebende, enthüllte ihm ihre Schönheit und ließ ihn ihre Geheimnisse ahnen, die sie vor Deutschgeborenen verbarg, so daß er ihrem Zauber hilflos verfiel. Die Erklärung für dieses seltsame Phänomen, daß die hochentwickelte deutsche Sprache dem Dichter, zumal für seine spezifische Dichtungsform, den Aphorismus, unendlich reichere Ausdrucksmittel zur Verfügung stellte, als die erst im Werden begriffene neuhebräische es vermochte, und er darum sich von dieser ab- und jener zukehrte, dürfte zutreffend sein, ist aber nicht ausreichend; ich bin eher geneigt, an eine unentrinnbare Schicksalsfügung zu glauben. Elazar selbst empfand es als ein tragisches Geschick, daß er in der Sprache der Menschen dichtete, die er als die Mörder seines Volkes ansah, in einer Sprache, die weder seine Frau noch sein Sohn verstanden, anstatt, was er für seine Pflicht hielt, die eigene Muttersprache zu bereichern.« Max Zweig

Mein Weg wäre ein verwegener, führte er mich nur von Buch zu Buch, und hätte nicht auch seine Zeugen

Das ungewirkte Werk

So wie ich gegangen war, so kehrte ich zurück, und bin doch kaum aufgebrochen.
Verrichtet habe ich meine Werke, beendet habe ich meine Werke, nichts ist mir geblieben als dieses Buch, das meine Hand mich zu schreiben drängt, mich, der ich kaum Lippen bekennen kann, da die obere und die untere auseinanderklaffen und sich nicht einmal zu einem Pfiff vereinigen lassen. Die Oberlippe ist hebräisch gefärbt, die Unterlippe deutsch. Die Sprache, die einzige, die große, die gute, schlechthinnige, die alle Unterschiede kennt, aber keine macht, sitzt im Tore meines Mundes und hält Gericht über mich und die Verwegenheit des Erwägens, ein Buch zu schreiben. Sie spricht, und solange sie spricht, habe ich nichts zu sagen.
Nun spricht sie mehr als dreißig Jahre, und es will mir nicht gelingen, die Lippen für meinen Mund zu erobern

Der lateinische Satz und die jiddische Geschmeidigkeit
An Clara von Bodman

Tel Aviv, 10. Juli 1972

Mein liebes Clärle,
ich sollte schon lange in Jerusalem sein, bin aber hier sitzen geblieben, wie gebannt durch meine Beschäftigung mit der Abschrift der Aphorismen. Je weniger ich sie billigen will, desto teurer werden sie mir. Schon sind sie mir, im Wortumdrehen, zum Inbegriff meines äußeren Lebens geworden. »Und süße Früchte werden aus den herben«, ob nur für mich, zur Selbstkost? Ich will nicht ins Große und muß mich nicht bescheiden; ich meine, nicht viel: ein Buch, das man liebt, nicht weil es beflügelt, sondern weil es auf unlästige Weise begleitet, nur leise mahnt, nur zwischendurch belehrt, von Trost nicht spricht, Bedeutung nicht verleiht, Sinn nicht beteuert, Ich und Selbst nicht sucht und nur Gefallen findet.
Das ist so leicht geschrieben wie gesagt, allein, es müßte leuchten. Nun habe ich wenig Zeit, und diese hat nur wenig für mich übrig. Ganz auf mich gestellt, fühle ich meine Hinfälligkeit, diesem Gefühl verfallen auch die Worte.
In Zfat gedenke ich demnächst eine hebräische Ausgabe vorzubereiten. Wie immer sie am Ende auch ausfiele, niemals würden sich beide Ausgaben decken können.
»Zu jeder Sprache gehört eine andre Zunge und ein anderer Mensch«, sagt Hippel. Das trifft auf das Den-

ken in seinem Sprachgewand zu, nicht auf den Gedanken in seiner natürlichen Gewandtheit und seiner fremden, nur anheimelnden Anmut.
Der Hebräer in mir bringt allen Eifer auf, das durch mich deutsch Gedachte zu widerlegen, während mein Deutsch sich standhaft genug erweist, den eifernden Hebräer zu fixieren und ihm mit einer fast jiddischen Geschmeidigkeit zu widersprechen. Diese Widersprüche, oder genauer Selbstwidersprechungen, sollen mein Werk im Deutschen ausmachen. Eben vernehme ich die Stimme meines augenblicklichen Gewährsmannes, Theodor Gottlieb Hippel, und ich glaube auch zu sehen, wie er sich vergnügt die Hände reibt, hat doch schon er gesagt: »Der beste Lateiner bleibt ein Deutscher, wenn er deutsch gedacht hat. Cicero würde ihn für keinen Landsmann halten.«

– – – – – – – – – – – – – – – – – – – –

Ich bin gerade in eine seltene Abwesenheit geraten, da ich dem Zitat nachgehen wollte und dabei meine Augen schloß. Während ich das tat, wurde ich Zeuge einer Verwandlung: der Lateiner stieg aus dem Satz heraus, und ein Hebräer trat an seine Stelle, und wo Cicero gerade Protest erheben wollte, zeigte sich das licht- und würdevolle Antlitz Goethes. Goethe! Wenn ich auch Lateiner wäre, ich vernähme bei diesem Namen: Urpflanze, West-östlicher Divan, Lied der Lieder, Weltliteratur.
Dahin bin ich also geraten, und gern wäre ich geblieben in der so anschaulichen Abwesenheit. Wie lange kann man aber bei der Betrachtung der Urpflanze

wachträumend bleiben? Ich legte die Worte zurück, und da ich das tat, streifte der junge Goethe an mir vorbei, und – Wunder über Wunder! – in überwältigender Plötzlichkeit stand vor mir Isachar Baer Falkensohn im fahlen Licht seines Buches *Gedichte von einem polnischen Juden*.

In der Art seines Auftauchens schien er mir sagen zu wollen: Betrachte mit deinen heutigen Augen jene berühmte Rezension meines Buches auf ihre letzte Konsequenz hin, und du fändest im Ur-Goethe Hippels alten Cicero.

Du siehst, Clärle: Wohin ich auch versinke, ich bleibe immer auf dem Boden der *Bibliographia Judaica.* Allein, als ich vor genau zehn Jahren auszog, mir aus Urnen, Grabsteinen, Archiven und Literatur *meine* Antwort auf die »Frage der Fragen« zu holen, ließ ich mir nicht träumen, daß ich sie eines Tags, Jahre nach meiner Heimkehr, von meiner eigenen Haut würde abziehen können.

Dein Elazar

Wir beide stehen an verschiedenen Polen der Literatur

Jerusalem, 17.7.1990

Mein lieber Elazar,
Du hast mich ersucht, den Eindruck, den ich beim Zuhören Deines mir vorgelesenen Buches *Treffpunkt Scheideweg* empfand, schriftlich festzuhalten, und ich will versuchen, Deinen Wunsch zu erfüllen, so gut es mir in meinem 99. Lebensjahr möglich ist.
Wir beide stehen an verschiedenen Polen der Literatur. Ich bin ein leidenschaftlicher Dramatiker, Du ein ebenso leidenschaftlicher Aphoristiker. Unsere literarischen Urteile dürften also, trotz der herzlichen Freundschaft, die uns persönlich verbindet, nur in seltenen Fällen identisch sein.
Als Dein Buch mir vorgelesen wurde, fühlte ich in wachsendem Maße, daß es mir sehr fremd war und daß es nur wenig Ähnlichkeit mit dem hat, was ich als Literatur empfinde, nämlich die sprachliche Neuschaffung des lebendigen Lebens in einer höchst geklärten und verdichteten Form. Ich hatte das ungewisse Gefühl, daß hier eine neue Gattung der Literatur im Entstehen begriffen sei, ja, daß ich vielleicht das erste dieser Gattung zugehörige Buch in den Händen halte, die vorerst noch keinen Namen hat und die ich, analog zur »gegenstandslosen Malerei«, die sich bereits vor Jahrzehnten entwickelt und durchgesetzt hat, die »gegenstandslose Literatur« nennen möchte. Dies aber ist ein Widerspruch in sich selbst, da ich, wie oben dargetan, im geformten Leben das Wesen der

Dichtung erblicke. Aber zweifellos ist hier etwas Neues im Werden, das, wie so vieles andere Neue, das Kind unseres zu Ende gehenden Jahrhunderts ist. Dieses Neue kann aber nicht mehr als ein Zweig der Literatur betrachtet werden, da es ausschließlich im Intellekt wurzelt und den Intellekt anspricht; dies sollte auch in der Benennung dieser neuen Denkweise zum Ausdruck gebracht werden.

Du hast also, lieber Elazar, ohne es zu wollen oder zu wissen, etwas Neues in die Welt gesetzt; ob es mir gefällt oder mißfällt, ist unwichtig; die Gerechtigkeit erfordert es, daß Dein Verdienst ausgesprochen wird.

Damit soll Deine selbstverbrennerische Intensität, die ich auch aus Deinem Leben kenne, nicht geleugnet, und es soll auch nicht verkannt werden, daß es Dir gelungen ist, aus Deinem ureigensten Sprachproblem eine Gesamtschau des deutsch-jüdischen Problems zu geben, die als Einheit einleuchtet, obwohl sie ausschließlich aus Bruchteilen, Splittern und Scherben besteht.

Und so bleibt mir nur noch übrig, Deinem Buch den ihm gebührenden Erfolg zu wünschen.

Dein Max Zweig

Schweigen – entsagen

Was das heute beliebte, von Max Zweig bereits erwähnte Thema – »in der Sprache der Mörder schreiben« – anbelangt:
Sprache ist ein Vermögen, kein Besitz. Wer sich gehört, kann sich widersprechen. Die Mörder hörten und gehörten sich nicht; sie hatten keine Sprache und haben keinen Mund.
Soviel verachtet, geschändet, verstümmelt, vertilgt und dabei auf keinen Gedanken gekommen und daraus keine Lehre gezogen und danach kein Wort überliefert, das man in den Mund nehmen kann.
Aus den Reihen der Mörder kommt keine Literatur, kein erhellendes Wort, keine denkwürdige Erkenntnis. Das ist die erschreckende Seite des Schrecklichen. Was wäre aber heute die deutsche Literatur, gäbe es nicht das riesige Erinnerungswerk der Überlebenden.
Die Gemordeten hatten eine Sprache, und in ihr leben sie fort, darum gedenken wir ihrer. Zum Schweigen gebracht, heißt nicht, sprachlos gewesen. Die Sprache drückt sich in Menschen, die Menschen drücken sich in Worten aus. Man kann nicht den Menschen, das einzige Sprachorgan, zerstören und für sich die Sprache heil behalten. Was man an Menschen vernichtet, geht auch als Sprache verloren.
In Erinnerung bleibt, was zum Verstummen gebracht.
Die Mörder mordeten, die Zerstörer zerstörten, die Räuber raubten. Was nach alldem geblieben, das ist

mein Erbe. Dieses hat seine Würde in sich und in meinem Wunsch, es zu heben; sein Reichtum besteht einzig in meinem Wissen von ihm.
Die Worte leben auch unter Staub und Asche weiter, sie haben die Ewigkeit gegen sich, in sich jedoch das Auferstehen. Wir kennen keine andere Auferstehung als die der Worte und des toten Buchstabens

Man gibt nicht alle seine Seufzer preis

»Tröstet, tröstet mein Volk!« Jesaja 40,1
Schreibe ich Deutsch, tröste ich die Falschen. Aber die Verantwortung, die ich tragen muß, übernehme ich in der Sprache, die ich schreibe, auch für das Ganze, das in ihr webt und für sie steht.
Ich kann mit meinem Deutsch, im Deutschen, keinen Juden trösten.
Die deutsche Sprache hat ihre Tröstlichkeit eingebüßt; das ist, was man in ihr nicht suchen darf und doch auch suchen muß. Es ist ein schmerzliches, kein vergebliches Suchen, aber ohne Finden

Spruchreif – widerspruchswert

Niemand verdient die Offenheit, die er von anderen verlangt.
Wie offen können Menschen miteinander sein, wie ehrlich Jude und Deutscher miteinander sprechen?
Es ist doch so, daß ein Jude etwas mehr zu sagen, der Deutsche etwas mehr zu schweigen hat, weil er von der Geschichte weniger heimgesucht wurde und das meiste nur vom Hörensagen oder aus der Lektüre kennt. Deutsche und Juden stehen gleich hoch oder gleich tief im Wissen und im Erfahren, sind einander im Erzählen aber selten ebenbürtig. Viel des zwischen ihnen angestauten Schweigens rührt daher

Die Oberfläche trägt uns, der höchste Ernst und die tiefste Absicht spielen sich da ab, und wir reiben uns aneinander. Da muß nicht tief geschürft werden. Der Tag erzählt der Nacht von sich, die Nacht erwacht im Morgengrauen; die Sonne bringt es an den Tag. Wer da vorbeikommt, weiß Bescheid. Die Dinge sprechen für sich. Was zur Sache nicht gehört, wollte sie umgangen haben

Endsagung
Oder: Woche der Brüderlichkeit

Da ihr kein Tag gehört,
muß ihr eine Woche gewidmet werden.
Das Jahr wird nicht befragt.
Es wendet sich

Die Umstände erschweren
oder mildern,
der Umstand bleibt

Die Menschen guten Willens,
worin sind sie gut?
Die Menschen starken Glaubens,
worin sind sie stark?

Worte, die sich
nichts mehr einbilden,
alles aber einreden lassen,
sind leere Worte

Brüderlichkeit

»Nicht den *Juden*, unsern Brüdern, sondern der *Judenschaft* erklären wir den Krieg. Wer den Pestkranken liebt, muß der nicht wünschen, daß er von der Pest befreiet würde? Die Judenschaft ist ein Überbleibsel aus einer ungebildeten Vorzeit, welche man *nicht beschränken*, sondern *ganz ausrotten soll.*« Jakob Friedrich Fries

Das ist der bedeutendste Satz, der mir in der deutschen Literatur über Brüderlichkeit je begegnete. Er bleibt darum denkwürdig. In der Sache selbst hat der Satz seine Vor- und Nachläufer und viele Geschwister in den Schriften anderer Deutscher. Gegenschriften rief er nur von jüdischer Seite hervor, darunter auch eine sehr schöne, selten edle von einer erstaunlichen Souveränität zeugende, deren Verfasser, Sigmund Wilhelm Zimmern, damals gerade zwanzig Jahre alt war. Weder er, der sich bald taufen ließ, um selbst in Heidelberg und dann, genau wie Fries, Professor in Jena zu werden, noch seine Schrift vermochten zu verhindern, was in so vielen Herzen beschlossen, von so vielen Mündern beschworen wurde.

Fries' Beitrag spielte indes, obschon zunächst nur im verborgenen, auch eine entlarvende Rolle.

So schreibt zum Beispiel der Vorläufer Franz Werfels, der größte »Weltfreund«, der alle umarmende Allbruder der deutschen Literatur des 18. Jahrhunderts:

München, 29. Juli 1816

Es geht gewaltig zu Ende mit Ihrem Freunde, mein lieber Fries. Ich würde wohl auch heute noch nicht antworten, hätte mir nicht gestern Professor Kopp gesagt, Sie wären im Begriff Ihre Collegien zu schließen und sich nach Jena auf den Weg zu machen. [...] Von Ihrem Angriffe auf die Juden, so Gott will, in meinem nächsten Briefe. Meine Freunde Roth und Niethammer sind mit Ihnen durchaus einverstanden. Ich behalte über dies und jenes Zweifel und Bedenken, und dann mildert bei mir anderer und größerer Haß den Haß wider das Judengeschmeiß.

Von ganzem Herzen der Ihrige

Johann Friedrich Jacobi

Nachdenken kann man auch im vorhinein

Um abgetragen werden zu können,
muß die Schuld erst getragen werden

Moral verpflichtet nicht, es sei denn,
man ist ihr verpflichtet

Eine reinliche Scheidung der Begriffe setzt
eine Sauberkeit des Begreifens voraus

Zweifel ernüchtern,
erwecken aber nicht

Fortschreiten – abrücken

In Erinnerung an einen großen Botaniker, bei dem die schönsten Worte zum Umweltschutz zu finden sind und der 1837–1862 Professor in Jena war

Auf Holzwegen,
den Bäumen
nicht mehr gewachsen

Ein Buch der Schöpfung
aus Bütten

Natur
steht auf einem andern Blatt

Lotos
Logos

Von Menschenhand geschrieben
bitte wenden

Von seinem Gipfel kann man nur noch herunter,
nicht mehr zurück

»Ein breiter Streifen verwüsteten Landes folgt allmählich den Schritten der Cultur. Wenn sie sich ausbreitet, stirbt ihre Mitte und ihre Wiege ab und nur im äußersten Umfang finden sich ihre grünenden Zweige. Aber nicht unmöglich, nur schwer ist, daß der Mensch, ohne auf die Vorteile der Cultur selbst zu verzichten, den Schaden dereinst wieder gut mache, den er angestiftet.« Matthias Jakob Schleiden

Senke deinen Blick
und behalte deine Welt
im Auge

Ein Mann an den rauchenden Trümmern eines herrlichen Tempels

Matthias Jakob Schleiden sah sich in allen Grundlagen seiner Weltanschauung als Schüler von Fries an und gehörte, ohne Wanken, zu dessen Getreuen. Seine Entdeckungen machte er auf eigene Faust. Einer der besten deutschen Prosaisten seiner Zeit, überflügelte er auch seinen Meister in diesem Punkt.
Zu Schleidens größten Entdeckungen gehörte nun eine, die ihn selbst ins Staunen versetzte: *Die Bedeutung der Juden für Erhaltung und Wiederbelebung der Wissenschaften im Mittelalter.* So hieß die eine Schrift von ihm, die wie alle seine Schriften mehrere Auflagen erlebte. Zuerst – und das sollte die Bedeutung seiner Entdeckung unterstreichen – erschien die kleine Schrift 1877 als Aufsatz in *Westermanns Monatsheften*. Zuweilen denke ich bei mir, Schleiden wollte mit seinen klaren, unmißverständlichen, aber auch liebevollen Schriften über die Juden die Sünden seines Meisters sühnen.
In der Einleitung zu der genannten Schrift schreibt er: »Die Juden sind und bleiben das merkwürdigste Volk [...]. Sie sind das älteste Volk, das als Träger des reinen Monotheismus dasteht und eben wegen der Reinheit des Gottesglaubens das Sittengesetz und seine Bethätigung im Leben als eigentliche wahre Darlegung des religiösen Glaubens hingestellt und festgehalten hat. Ganz *Europa* hat sein Mittelalter gehabt, eine Zeit der Roheit, des geistigen und sittlichen Verfalls, wie er trauriger nicht gedacht werden kann, nur

die Juden machen davon eine Ausnahme. Trotz Zerstreuung und Unterdrückung, die ihnen oft die einfachsten Menschenrechte, ja selbst die Berechtigung zum Leben raubten, haben sie sich bis zum Ende des Mittelalters ununterbrochen in ihrem geistigen Leben fortentwickelt und den übrigen Völkern die Grundlagen der Sittlichkeit und des geistigen Lebens bewahrt und überliefert. Wie geistig edel angelegte Naturen strauchelten sie wohl zuweilen, wenn glückliche Augenblicke ihnen das Leben zu leicht machten, aber jede Widerwärtigkeit, jedes Elend, das ihnen nur halbwegs menschliche Existenz ließ, hat nur den Erfolg gehabt, sie zu veredeln, sie zu höherer geistiger und sittlicher Anstrengung zu beleben.«

In einer weiteren, Schleidens letzter Schrift *Die Romantik des Martyriums bei den Juden im Mittelalter* heißt es:

»Der Christ steht gegenwärtig dem Judenthume gegenüber wie ein Mann an der Asche und den rauchenden Trümmern eines herrlichen Tempels, den er selbst in Brand gesteckt.«

5
Die Frage der Fragen

Ein Mann läßt sich nieder; nieder kommt seine Frau, eine Welt kommt zur Welt; es wird Abend, eine Tür öffnet sich, Gestalten dunkeln herein, es fällt ein Schuß; eine Stimme gibt zu Protokoll: »Wir machten sie nieder«

Erzählen – das Schlechte aus sich holen, sein Bestes daraus machen

Es kommen am Ende immer Dinge heraus, die einem nicht schmeicheln.
Wo sind aber die Dinge, die nicht herauskommen? Die schmeicheln?
Das Leben wächst mit seinem Schatten, doch nur bei Licht besehen

Das Gedächtnis gibt Auskunft, die Erinnerung Antwort

»Der Versuch, alle düsteren Erinnerungsbilder beiseite zu schieben und so zu tun, als wären sie nie gewesen, ach, er wird meistens nur von solchen unternommen, auf die es nicht ankommt. Entsühnen kann kein irdisches Gericht. Wir haben uns auf eine schauerliche Weise mit dem Judentum verbunden.
Aber in der ungeheueren Krise des Menschengeschlechts, die wir gegenwärtig durchleben, wird vielleicht unversehens unser Verhältnis zum Judentum das wichtigste werden.« Hans Carossa
Für einen Dichter eine schon zu späte Einsicht, diktiert vom geplagten Gewissen und der Angst vor jener Instanz, die alles zuläßt, aber nichts billigt.
Er schreibt: »auf eine schauerliche Weise mit dem Judentum verbunden«, was bedeutet: bis ans Ende der Tage unaufkündbar.
In der Tat, würde Kajin Abel nicht erschlagen haben, niemand wüßte mehr, daß sie Brüder sind.
Carossa schreibt: »... in der ungeheueren Krise des Menschengeschlechts, die wir gegenwärtig durchleben, wird vielleicht unversehens unser Verhältnis zum Judentum das wichtigste werden.«
Er sagt: »vielleicht«, weil er nicht wagt, das zu hoffen; er sagt »unversehens«, weil es ja kaum zu glauben ist.
»Das gehört nicht zur Sache«, könnte man einwenden. Aber was ist denn die Sache? Und wo hat sie zu

beginnen, damit wir sachgerecht von ihr sprechen können? Und wer ist Messer genug, Sache und Person, Wort und Sache scharf genug zu trennen?

Das Wort sucht seinen Anfang und findet uns

In der Tat läßt sich nichts machen

Im jüdischsten Buch der Christenheit, dem Neuen Testament, im christlichsten Evangelium, dem des Johannes, steht: »Das Heil kommt von den Juden.« (4,22) Das mußte Johannes genau gewußt haben und nicht weniger genau diejenigen, welche diesen schwerwiegenden Satz mit Leichtigkeit hätten streichen können und das zu tun nicht wagten.
Die Folge davon war das Paradox, aus dem ersichtlich wurde, daß es leichter ist, ein Volk zu verbrennen, als einen mit der Glut der Überzeugung geschriebenen Satz zu löschen.
Wir wissen nun Bescheid, daß jeder Mensch ein geschriebenes Buch ist oder ein unbeschriebenes Blatt und daß Völker wie Bücher verbrennen und verrauchen. Der Satz aber bleibt: »Das Heil kommt von den Juden«

Der Anteil der Sprache an jedem Geschehen ist unergründbar. Das ist die Quintessenz der Geschichte

Wer sich das Leben nimmt,
wollte es haben

Zusammengepfercht
und auseinandergerissen;
empört
und niedergeschlagen;
geschoren
und schornsteingebetet

Aschenbecher,
Lampenschirm

Heiterkeit ist Traurigkeit,
alles andre – Schwermut

Was ist der Mensch,
daß Du seiner gedenkst?

Da steht er, Hohepriester der baren Lüge und der nackten Wahrheit, an der Rampe, ganz in seinem Gleichgewicht, spricht er schneidig und blau: Lasset die Kindlein kommen

Wer zum Schweigen gebracht wird, verstummt nimmer

Gewissen ist eine Mischung
aus Zusehen
und Wegschauen

Zu beklagen ist der Mangel an Liebe zur Gerechtigkeit, an Großmut; das Schwinden unseres moralischen Immunsystems.
Es wäre eine dringende Aufgabe, dieses wieder aufzubauen und herzustellen. Wer aber soll wem die Aufgabe stellen? Und wer erfüllte sie denn?
Wer kennt sich nicht gut genug, um zu wissen, daß fast alles zuviel verlangt ist

In der Antwort
liegt die Fragwürdigkeit

Alles Dichten,
alles Denken,
alles Krumme,
alles Gerade
hängt vom Aber ab.
Aber taucht am Anfang
wie am Ende auf,
das Wenn aber nicht

Es ist nicht gut, schlechthin zu denken

Wir haben Verluste zu buchen, nun gibt es Bücher genug; wir haben Verluste zu beklagen, wo sollen wir mit der Klage beginnen?
Die Gemordeten schweigen und geben uns kein Recht, ihr Schweigen zu durchbrechen, auch wären wir nicht imstande, es beredter zu machen, als es ist.
Aber was bedeutet dieses Schweigen, was bewirkt es als solches in uns?
Wir sind gewohnt zu denken, daß unsere Gedanken in Wort und Rede vorgehen, wenn wir auch mitunter das Verstummen der Worte wünschen.
Die Rede ist beim Lebendigen, denn von ihm ist die Rede. Die Redlichkeit aber, das weiß jeder bei sich, ist im Schweigen. Wir können darum lügen, uns aber nichts vormachen

Denkmalschutz

Was man *furchtbar* nennt, sagt meine Mutter, ist nicht das Schlimmste

In Wien hatte man sich eine besondere Art ausgedacht, Juden zu diskriminieren: Sie wurden scharenweise von der Straße weggeführt und mußten Denkmäler ablecken
(Aus den Memoiren meiner Mutter)

Zunge / Zange / Zwang

Einhellige Finsternis

Behauptet,
geköpft

Sprachialgewalt

Ein Schrei,
von seiner Kehle abgeschnitten

Litaneien,
in freischwebenden
Ohrmuscheln

Die trauernde Sprache

Den Krieg hat nicht sie verloren, aber auf das Niveau von *Mein Kampf* konnte sie erniedrigt werden. Und sie versprach doch, heilkundig zu sein. Die deutsche Sprache hat Grund zu trauern.

Einst hatte sie ein stolzes Selbstbewußtsein, und dieses wurde zu einem guten Teil aus jüdischen Quellen gespeist. Diese Quellen mußte sie einbüßen. Auch löste sich aus ihrem einst kostbaren Gewirk alles Jüdische ab. Selbst bei größter Anstrengung kann sie sich ihres »Einst« nicht mehr erinnern. Die vielen jüdischen Assoziationen zogen sich zurück. Weg ist die nomadische Beweglichkeit, weg sind die schnellreitenden Gedanken. Wie schwerfällig kommen mir noch meine eigenen vor, da ich mich hüten muß, jüdisch zu assoziieren

Der Freund spricht:

»Ich hoffe, daß wir im November, wenn Du wieder nach Deutschland kommst, über die Sprache – Deine und meine Sprache – miteinander sprechen können. Eines vorab: Hüte Dich nur nicht, jüdisch zu assoziieren. Dadurch gerade machst Du ja die deutsche Sprache – wieder – reich, und dafür haben wir Deutschen Dir zu danken.« Harald Weinrich, Paris, 23.10.1991

Überflüssig ist, was nicht mehr fließt

Daß es eine deutsch-jüdische Kultur gegeben hat, stellen die Deutschen erst jetzt fest. Hat es sie zur Zeit ihres Entstehens nicht gegeben?

Abgebrochen, abgehackt, verstümmelt, kommen Kulturen zum Vorschein, steigen Türme aus Trümmern und stechen ins Auge.

Es sind drei große Themen im jüdisch-deutschen Verhältnis: der Judenhaß der Deutschen, der Selbsthaß der Juden; die Bedeutung beider in der Geschichte Deutschlands und für sie.

Spitzenleistungen: das große Werk der Vernichtung auf der einen Seite, das große Werk des Überlebens auf der anderen.

Ewig werden sie sich die Waage halten und auch dabei unzertrennlich bleiben.

Auf der Seite der Vernichtung wird Gnade gepredigt und gehofft.

Das Überleben verdankt sich der Güte und beharrt auf Gerechtigkeit.

Vergebung ist einseitig, Versöhnung beginnt bei sich und endet beim andern.

Man vergißt die Hölle nicht, der man entrinnt; vergißt auch nicht den Ort seiner Bewährung.

Wir bleiben Nachbarn, obschon wir noch nicht einmal beieinander begraben sind.

Wir wissen das alles längst; wir wissen das alles nicht mehr.

Es gibt uns nur noch hie und da, und da und dort, es

gibt uns, deutsche Juden, in Wahrheit nicht mehr. Ein Erinnerungsstrahl, der uns streift oder durchfährt.
Wir sprechen Deutsch, weil wir daran hängen; das Deutsch drückt uns nicht mehr aus, wir werden es auch nicht überliefert haben.
Ich bin Israeli, und mein Sohn versteht nicht mehr Deutsch

Fürs Leben, so lange

Die Freuden des Überlebens versteht nicht, wer nur die Freuden des Lebens kennt. Auch die Traurigen auf Erden, deren es viele gibt, verstehen die Trauer der Überlebenden nicht.
Man lebt und freut sich des Lebens fürs Leben, so lange. Wofür überlebt man aber?
Das Überleben kann zum Über-Leben werden, nie mehr aber ein Leben fürs Leben sein

Der Überlebende tritt nicht mehr in Erscheinung; wohin er geht, bringt er sich in Erinnerung

Aus Kindertagen

Bekennt man seine Schuld, wird man sie nicht los, kann sie aber tragen

Nach einer Vorlesung an der Universität Jena im Juni 1994 bekam ich folgenden Brief:

Jena, 30. August 1994

Verehrter Herr Benyoëtz,
[…] Vielleicht hat mich das alles deshalb so sehr getroffen, weil ich mein Leben lang in Diktaturen mit ihren teils verschwammten, teils blankgeschliffenen, verlogenen Sprachregelungen und demagogischen Phraseologien zugebracht habe […]. Ich hatte in einem Gespräch angedeutet, wie Schuld und Scham aus Kindertagen in mir gären:
Ich war acht Jahre alt, ging in die zweite Klasse, und ein von uns Schülern sehr verehrter Lehrer führte uns am Morgen nach der Reichskristallnacht ins Judenviertel und hieß uns Pflastersteine, die dort bereitlagen, in die Fenster zu werfen. Der Lehrer skandierte: *Weg mit dem Geziefer!* Und wir grölten im Chor: *Juda verrecke!*
Wir waren zur Hetzmasse fanatisiert, und der Pogrom machte unserem Rudel Mordsspaß. – Mit 14 befand ich mich dann selber auf der Flucht.
Von da an habe ich gebüßt, und die Untat von damals lastet seither schwer auf meinem Gewissen, und es gab niemand, den ich hätte um Verzeihung bitten

können. Diese lebenslange Katharsis war es dann wohl auch, die mich später vor weiterem Mißbrauch und vor Verführung bewahrt hat, die mich sensibilisiert und neurotisiert hat und hellhörig gegenüber jeglicher Vereinnahmung – doch leider nicht mutiger.
Ihr Dr. Edwin Kratschmer

»Nur hüte dich
und hüte deine Seele sehr,
daß du nicht vergessest die Dinge,
die deine Augen gesehen,
und daß sie nicht
aus deinem Herzen weichen
all die Tage deines Lebens;
aber du sollst sie kund machen
deinen Söhnen
und den Söhnen deiner Söhne«
5. Mose 4,9

Wir erblinden zusehends

Die vielen Erklärungen stehen dem Verstehen im Weg; die Erklärung, die man braucht, findet man bei sich, wenn man in sich gegangen ist

Ohne Verantwortungsbewußtsein kein Schuldgefühl

»Die Schuld ist dein, wo immer du sie erblickst.« Ein solcher Spruch hat nur darum Wert, weil er uns alle verbindet

Mag es noch so tragisch erscheinen: Ein Schriftsteller hat immer die Schuld und hat sie auch immer zu tragen, er kann von ihr nicht freigesprochen werden. Solange Menschen- und Sprachgeist zusammenfallen und jede Tat bei der Sprache ihre Deckung sucht und findet, solange gibt es auf Erden keine Instanz, vor der ein Schriftsteller reingewaschen werden könnte

Verantwortlichkeit schließt alles Erdenkliche in sich ein, Verantwortung nur das Denkbare

Milchzahn und Goldmund

Wie oft muß man Auschwitz sagen, umschreiben, umgehen, um es ausgedacht zu haben.
Ich kann mir das Grauen nicht ausdenken, aber denken.
Ein Jude braucht keinen Dante zur Ausmalung der Hölle; Gott hat sie ihm prophezeit, vor Augen geführt, beschreiben lassen. Mit allen Flüchen dazu. Man schlage auf und lese nach.
Die Jahre sind nur der Tageslohn.
Meine Großmutter war nicht erschüttert, sie wußte, daß die schlimmste Befürchtung eingetroffen war und was zu tun ist, um dem Leben seinen angemessenen Abschluß zu geben: In Auschwitz gelandet, sagte sie sofort *Widuj*, bekannte ihre Sünden gegen Gott, ihre Schuld gegen die Menschen, gedachte der Nächsten und der Fernen. Im Gebrüll ging ihr *Schma Jisroël* unter, und doch ward es von einem gehört, warmgehalten, zur Überlieferung präpariert.
Erliegt man seiner Versuchung, war sie umsonst gekommen

Auserwählt – der Ungnade ausgesetzt

Der Weg des Judentums ist nicht gut genug, sich gegen die Welt zu behaupten, der beste aber, sich in ihr zu bewähren

Die Thora ist die Lehre, die vierzig Wüstenjahre aber die Schule

Nichts ist geeigneter, Gott zu umgehen, als der begründete Glaube.
Der Glaube im Judentum ist nicht das Begründete, sondern das schlechthin nicht zu Erschütternde. Wir kennen den Grund für Abrahams Glauben nicht, wir wissen nur, daß er auch durch Gott selbst nicht zu erschüttern war

Judentum – der Grundstein des Anstoßes
Oder: Sinai und Golgatha

Ihr aber, verhaftet IHM eurem Gott,
lebt, all ihr, heut am Tag.
Sieh!
5. Mose 5,6

Das Volk wird erwählt, der Einzelne geliebt: Sinai und Golgatha.
Golgatha ist Trauma, wie einst Morija war. Aber auch Morija, obschon Ort des Tempels geworden, verblaßte gegen Sinai, der seine Bedeutung auch nicht behalten sollte. Der Glaube versetzt Berge, so leicht nimmt er sie.
Das Wahrste über die Erwählung steht im fünften Buch Mose, besonders im vierten Kapitel. Und wenn ich schreibe: »Auserwählt – der Ungnade ausgesetzt«, gehört das noch unmittelbar dazu.
Erwählt-sein hat mit Sich-erwählt-wähnen nichts zu tun.
Alle sind auserwählt, wenn Gott aus dem Spiel bleibt. Was Gott selbst aber sagt, kann ein Mensch nicht behaupten, geschweige denn von sich. Darum steht das Wort *Prophet* (Nabi) so unerwartet schon bei Abraham (Genesis 20,7).
Dennoch bin ich bereit zu behaupten, daß Israels Propheten ihre letzte Erhöhung in der Welt erst durch Jesus bzw. durch das Evangelium erhalten haben.
Freilich sind die Juden ohne die Propheten, die Pro-

phetie ohne die Juden kaum vorstellbar; das Judentum aber, in seiner Denk- und Dankbarkeit, wurzelt einzig im Pentateuch, weil Prophetie darin noch Granit ist und nicht Pergament

Weshalb macht man diese Scherereien Oder: Meine Herren, ich muß Sie bitten

»Mitleid wollen wir grundsätzlich nur mit dem deutschen Volke haben.
Aber was soll mit den Juden geschehen? Man hat uns in Berlin gesagt: weshalb macht man diese Scherereien; wir können im Ostland oder im Reichskommissariat auch nichts mit ihnen anfangen, liquidiert sie selbst!
Meine Herren, ich muß Sie bitten, sich gegen alle Mitleiderwägungen zu wappnen. Wir müssen die Juden vernichten, wo immer wir sie treffen und wo es irgend möglich ist, um das Gesamtgefüge des Reiches hier aufrecht zu erhalten.«

Mitleid empfinden nur die, welche leiden müssen oder leiden können

Jede Brücke ist die Erbauung zweier Ufer
An Dorothea von Chamisso

Jerusalem, 2. Februar 1995

Dein Bruder hat recht: für wen die Lager auch immer errichtet wurden, immer waren sie auch für Deutsche errichtet. Und diese Deutschen haben sich auch nicht schuldig gemacht. Aber Lager sind eine Sache – diese gehört zur Abscheulichkeit der Diktatur; eine andere Sache ist: Todesarchitektur; Razzia; Prachtmensch als Frachtgut; Atemraub; Rampe; Schornstein; Über-Aschung. Und alles das auf dem Weg der Volksaufklärung, mit Begeisterung und völkischen Beobachtern, *»um das Gesamtgefüge des Reiches aufrecht zu erhalten«*. Das steht nicht auf einem anderen Blatt, das steht in einem ganz anderen Buch, von dem es ein einziges Exemplar gibt: 6 000 000 Seiten stark, in Menschenleder gebunden

Die Frage der Schuld ist aber gleichfalls eine trennende, keine vereinende. Und die Grenzen des Schuldbekenntnisses sind immer eng gezogen. Ob vor Gott, ob vor Menschen: das würden auch die braven Freunde Hiobs nie erfahren haben, hätte nicht Gott selbst sie gerügt. [...]

»Recht vor Gott ist, was geschieht«, schreibt Arnold Mendelssohn. Ein starker, brutaler Satz; den kann man nicht mit Glauben allein ausstehen. Der Glaube, wo er sich nicht selbst aus den Augen verliert, ist ein Liebäugeln mit Gott. Du sollst nicht töten, sagt Gott.

Mit meinen Gedanken kann ich seine Worte nur umkreisen, mit meinen Worten nur umgehen

Choreb und Churban

Im Glauben kann man nicht Fuß fassen. Alle Sicherheit schwankt im Glauben, nicht woanders: Das ist seine Festigkeit. Das Festland ist aus Sand, und nur dem Ertrinkenden erscheint es fester.
Der Glaube baut auf Sand und Wasser, der Himmel ist der Grund

Benzion Gottlieb, mein Stiefvater, führte Auschwitz nie als Argument für sich oder gegen Gott an. Er war in Auschwitz und hörte auch dort nicht auf, vor Gott zu stehen; in die Knie ging er nur vor seinen Peinigern

»Denn welcher große Stamm ist, der Götter hätte, ihm nah wie ER unser Gott, wann all zu ihm wir rufen. Jedoch hüte dich, hüte sehr deine Seele, daß du etwa vergäßest der Dinge, die deine Augen sahen: Des Tags, da du standest vor SEINEM deines Gottes Antlitz am Choreb.
Da nahtet ihr, da standet ihr.« 5. Mose 4,7–10

Auserwählt, die Offenbarung durch Öfen hindurch zu tragen, sind die Juden wieder im Besitz einer einzigen, kostbaren Lehre, um die sie niemand beneiden kann und viele hassen werden

Das Hochgehaltene ist noch immer versunken, das Heiliggehaltene noch nie. Rom wie Jerusalem sind aber nur noch über Auschwitz zu erreichen

Setzten wir auf Folgelosigkeit, hätte Hoffnung einen Grund

Wenn ich von Sinai spreche, macht es auf Christen keinen Eindruck, sie sprechen dann von Golgatha. Sinai und Golgatha macht Aufhorchen, ist aber nichts Unerwartetes, überraschend hingegen: die Offenbarung am Sinai und in Auschwitz

Offenbarungen sind erschütternd, nicht grundlegend. Und doch wäre die Thora ohne die Offenbarung am Sinai nur halbgegeben. Geoffenbart ist sie Erschütterungen ausgesetzt, doch kann sie ihnen trotzen.
Auf die »Nürnberger Gesetze« folgte die Offenbarung Auschwitz

Rom hat kein Auschwitz, es muß sich Edith Stein von dort holen, aber sie paßt weder hinein noch dazu. Wer in Auschwitz endete, hängt nicht kreuz und quer. Auschwitz ist ein verwünschter Ort des Lebens, aber der kostbare Eckstein eines nicht felsenfesten Glaubens

Wer auf Auschwitz baut, baut auf Asche, nicht auf Sand

Rom bleibt felsenfest, alle Erschütterungen gehen an ihm vorbei.
Was nicht erschüttert, kann heiliggesprochen werden.
Für die Rührung sorgen die Gläubigen

Unter dem Gesetz steht man nicht nur, man fällt auch

Der Glaube, den wir verlieren, ist der unserer Väter; wir haben keinen Glauben zu verlieren

Auch gottverlassen
bleibt Israel Gottes Volk

Außer sich geraten,
heißt bestens orientiert

Ein Stein des Anstoßes ist mehr
als ein vom Glauben
versetzter Berg

Man sucht den Dialog, um feststellen zu können, ob man sich selbst noch etwas zu sagen hätte

Die Juden schürten das Feuer Gott

Judentum und Christentum:
das Biegen
und das Brechen

Judentum –
das Überleben
des Überlebenden

Judentum – das Licht,
das die Zukunft
auf unsere Gegenwart
zurückwirft

Das Christentum
war die frohe Botschaft,
das Judentum ist die Flaschenpost

Wären wir Juden alle ermordet worden, es wäre mit uns auch die älteste Erinnerung an Gott erloschen

Opferlahm

Es genügt nicht, seine Opfer darzubringen, sie müssen auch geschlachtet werden.
»Juden sind gemordet worden, weil sie Juden waren, nur Opfer sind sie gewesen, so viele Opfer, aber doch wohl nicht, damit man heute endlich daraufkommt, schon den Kindern zu sagen, daß sie Menschen sind? Etwas zu spät, findest du nicht? Nein, das versteht eben niemand, daß die Opfer zu nichts sind! Genau das versteht niemand, und darum beleidigt es auch niemand, daß diese Opfer auch noch für Einsichten herhalten müssen.« Ingeborg Bachmann

Man bringt seine Opfer dar, um seine Taten zu sühnen, nicht um an sie erinnert zu werden.
Das grobschlächtige Verbrechen des Mordens wird durch die Bezeichnung »Opfer« zur frevlerischen Tat, zu einer himmelschreienden Blasphemie. Mit »Opfern« werden die mildernden Umstände, die man sich im nachhinein wünscht, hervorgezaubert, durch ihre Benennung legitimiert. Daß eine Mordtat Gott vom Menschen abschlägt, Himmel und Erde auseinandertreibt, sollen die »Opfer« verdecken, die eine Welt als Altar suggerieren, zu dem Opfer wie Opfernde gehören, damit zu verstehen gebend, es sei vorgesehen und vorgeschrieben und geschehe vor dem Herrn, der seine Opfer begehrt und darum auch die Opfernden schätzt. Es ist an der Bezeichnung »Opfer« etwas Verdammtes, denn Opfer werden immer gutgeheißen

Über die Liebe
Ein Zwischenruf

Man hat die Deutschen gefürchtet und bewundert, selten geliebt; kein Volk zum Lieben, auch keins, das Liebe gut vertragen kann. An dem einzigen Volk, das ihm uneingeschränkte Liebe entgegenbrachte, hat es sich schändlich und tödlich gerächt

Wie kommt man zur Liebe?
Man verliebt sich;
wie kommt man zum Haß?

Haß wird mordserfinderisch, Liebe macht scharfsinnig und erweckt noch die Toten.
In keiner Literatur manifestierte sich eine so große Liebe zu den Deutschen wie in der jüdischen.
Wer diese Liebe verdiente, verdient auch heute noch Dank

Das deutsche Volk und die deutsche Sprache

Das Volk wollte die Juden nicht annehmen, die Sprache konnte nicht genug von ihnen haben. Keine Sprache ist so judenvoll wie die deutsche

Über den Berg und noch immer nicht vom Fleck

Zieht man den Schlußstrich, stellt sich alles Vergangene ein

Die Juden haben die Endzeit eingeleitet, die Gleichzeitigkeit vorgespielt, die Rechtzeitigkeit vorgetäuscht, alsdann die Relativitätstheorie ausgebreitet

Die Juden sprachen vom deutschen Geist, die Deutschen vom jüdischen. So haben sie einander tödlich umworben und zu Tode befruchtet

Auf den Hund gekommen, wars auch des Pudels Kern

Geschichte ist
das Auf- und Abgehoffte

Verfolger haben ihre
Verfolgerichtigkeit

»Das Heil kommt von den Juden«,
nicht auf ihre Kosten

Missionar –
Taufbold

Auf Distanz
ist auch das Miteinander gut

Wo nichts einleuchtet,
gibt es nichts
aufzuklären

(Zu einem Denkmal)

An die Wand gedrückt
und in Stein gehauen

Zwei Dinge
vermochte Kajin nicht:
seinen Namen ändern;
Abel vergessen machen

Ich kann nicht mehr dasein, als ich bin

Mein Gedankengang trennt sich von meinem Lebenslauf

Es ist dieselbe Sprache, die in Deutschland dem Vergessen dient und mich in Jerusalem an die Erinnerung fesselt

Was sich ergänzen läßt,
bleibt gänzlich
ein Fragment

Die Jerusalembibel
Das Jerusalemdeutsch

Daß ich meine, ich müßte meine Gefühle gerade der deutschen Sprache anvertrauen.
Ich könnte es nicht, würde ich nicht so viele Gefühle an Margarete Susman und andere, deren Bleiben im Deutschen ist, verschenkt haben.
Es scheint, ich möchte im Massengrab jüdisch-deutscher Gefühle mitbegraben sein.
Ist es aber nicht so, daß ich meine Gefühle auch der deutschen Sprache entnehme

Ein Werk wie meins kann nur in Dankbarkeit und mit ihr wachsen. Darum gehören Namen und Zitate zu den Eckpfeilern meiner Poetik

Es ist zwar nicht ganz mehr dasselbe

Zürich, 31. März 1965

Mein lieber Wanderknabe,
seit langem ist ein Brief an Dich angefangen und nur darum nicht abgegangen, weil ich erst Deine Gedichte und Aphorismen vorgelesen haben wollte und zum Vorlesen niemand fand, da dies nicht ganz einfach ist. Den Hiob hast Du längst erhalten, aber zuerst kommen nun Deine schönen Gedichte und Aphorismen. Einige der Gedichte waren mir bekannt, es sind große Lieblinge von mir darunter, wenn auch der Wanderknabe fehlt.

Die mir immer liebe und vertraute Strophe: »Schließe die Augen und sieh: Ich bin nie gewesen« ist mir immer als buddhistisches, nicht eigentlich jüdisches Bekenntnis erschienen, habe ich recht damit? Sie erinnert mich an zwei große Erkenntnisse d. h. Erfahrungen meines Lebens, von denen ich Dir gerne sagen möchte, aber dazu müßten wir uns wiedersehen. Von mehreren anderen Deiner Gedichte habe ich schon im »Neuen Israel« geschrieben und brauche Dir darum kaum noch etwas darüber zu sagen. Besonders schön erscheinen mir auch die Gedichte für Annette Kolb; man könnte nach ihnen fast meinen, sie stände dir näher als Deine Oma.

Auch unter den Aphorismen habe ich vieles Schöne und Tiefsinnige gefunden, das mich stolz macht auf den Wanderknaben.

Ich habe noch einige Fragen an Dich. Hast Du in der

Festschrift den Brief von Scholem an Schlösser gelesen? – und wenn, was hat er Dir gesagt? Ich glaube, daß er einer der schönsten und wahrsten Beiträge in der ganzen Festschrift ist. Ob Du Scholems Ansicht teilst? Es ist zwar nicht ganz mehr dasselbe, es ist ein traurig verändertes Deutschland, in dem Du lebst, das sich aber doch in einigen Menschen bemüht, das Geschehene, Furchtbare wiedergutzumachen.
Zweitens: Ich möchte sehr gern wissen, was Du zu den Gedichten von Paul Celan in meiner Festschrift sagst. Sie haben wohl eine gewisse Ähnlichkeit mit den Deinen, sind aber für mich viel schwerer verständlich, die schwersten, die ich von ihm kenne, und ich kenne schon sehr viele von ihm.
Ich hätte Dir noch viel zu schreiben, aber mein Papier und meine Kräfte sind zu Ende.
Deine Oma

Es blüht auch auf der Schattenseite

Der Schatten ist unser Garant
in der Welt des Scheins;
werfen wir Schatten,
sind wir erschienen

Der jüdische, im Deutschen angeschlagene Ton behält im Deutschen seine nachhallende Tonart, die sich auf keine andere Sprache übertragen läßt

Den Untergang des deutschen Judentums kann ich nicht widerrufen, aber mich seiner erbarmen. Ich nehme das Untergegangene in mein Wort auf und teile die Zukunft meiner Sprache mit ihm

Leda und Salamander

Vom Unvergänglichen, das wir so gern bezeugen, wissen wir nicht mehr als von Gertrud Kolmar, doch glaube ich dem Unvergänglichen nah zu sein, wenn ich bei diesem, nicht vielsagenden, nicht vielen etwas sagenden Namen verweile.

Wer das Bild dieser Dichterin einmal sah, sieht nur noch Augen. Sie ist die Vieläugige, in deren groß ausholendem Blick kein nervöses Zucken wahrzunehmen ist. »Eine verhinderte Asiatin« nannte sie sich und war nicht weniger als die lyrisch makellose Vollendung dieser Verhinderung. Jüdische Hast wird man bei ihr nicht lernen, auch nicht, was Judentum in der Dichtung vermag (Else Lasker-Schüler und Paul Celan wären geeigneter hierfür), aber was Judentum sein kann, wenn die deutsche Sprache ahasverisch gegen eine Esther, wie sie im Buche steht, ihr goldenes Zepter reckt, damit sie lebendig bleibe.

Im Gegensatz zu den wenigen anderen, die sich mit ihr messen können, war sie, Gertrud Kolmar, nicht entschieden, aber fraglos die größte deutsch-jüdische Dichterin im 20. Jahrhundert.

Zwischen Schöpfer und Tier stehend, bleibt Eva, gleichviel ob gebärend oder nicht, das Maß aller Nähe, die unverlierbare Entfernung von Gott. ER wird sie immer heimsuchen, wird immer zu ihr sprechen: durch den Baum, durch die Schlange, durch den Schwan. Ließe sich alles das rein ins Biblische übersetzen, es ergäbe den deutschen Namen Gertrud Kol-

mar. Sie ist die Eva und der Efeu, die Leda und der Schwan, der Salamander – häßlich und feuerdicht und gottvertraut.
Sie wurde verbrannt und ist mit Asche nicht zusammendenkbar.
Ihre Augen sind nicht zu schließen: das eine ist des Salamanders, das andere des Alchimisten.
Der weitausholende Blick, nun dem einer verscheuchten Gazelle gleich, spricht: Und möchten sie noch so unglücklich sein – das Heil kommt von den Frauen. Auch das könnte man bei Gertrud Kolmar lernen, aber nicht spielend

Wir gehen aneinander vorbei.
Ob wir aneinander auch vorbeikommen?

Nicht nur die Deutschen, auch die Juden wären ärmer, würde Paul Celan seine Gedichte nicht auf deutsch geschrieben haben.
Er, der Sprachbegabte, hätte in anderen Sprachen schreiben können, dann aber wäre er wohl nicht zu seiner weltweiten Wirkung gekommen.
Es mußte Deutsch sein. Die deutsche Sprache nach der Nazizeit mußte sich jüdisch besinnen, sich selbst einholen. Nicht nur die Hölle war deutsch geplant und ausstaffiert, auch das Entrinnen aus der Hölle bedurfte des deutschen Ausdrucks. Die deutsche Sprache, die Luther aus der hebräischen Bibel ins Dasein rief, braucht zu jeder Zeitenwende, an jedem Wendepunkt, den Juden. Auch eine Shoah muß mit Dichtung gekrönt werden; auch eine Shoah krönt den Dichter. Auf ihre neue, katastrophale Zeitrechnung hinsteuernd, suchte sich die deutsche Sprache den ihr gemäßen Dichter, bereitete sich auf ihn vor, zählte für Celan die Mandeln und die Bitternisse. So schien sie wie für ihn geschaffen worden zu sein.
Auf Celan kann die deutsche Sprache nicht verzichten, sowenig sie das Recht auch hat, auf ihn Anspruch zu erheben. Doch hat auch er einen Verzicht nicht erwägen können. Die Waagschale, in die er alle Entscheidungen hätte legen können, sie selbst war eben die deutsche Sprache. Die Sprache, in der er seiner Mutter gedachte, in dieser mußte er dichten.

Das Leben folgt dem Gedenken, die Sprache dem Gedachten. Die Erinnerung ist eine Sprache für sich

Paul Celan und Dan Pagis

Celan bemühte sich um letzte, nicht mehr zu verletzende Worte, umhauchte sie und tauchte sie dann in eine ätherische Bodenlosigkeit. Er sah es nicht gern, wenn man immer wieder seine *Todesfuge* als Leistung und Vermächtnis hinstellte.

Dan Pagis hätte gern gesehen, wenn seine längeren Gedichte für ihn sprächen; er war bis zuletzt bemüht, in die Länge zu gehen und nicht mehr stehenzubleiben.

Aber »die Frage der Fragen« entscheidet über die Poeten und deren Poetologien hinweg; es steht für Celan sein wortreiches (Todesfuge), für Pagis sein wortkargstes Gedicht (Mit Bleistift im versiegelten Waggon geschrieben)

Kajin wurde verdammt, Repräsentant seines Bruders zu sein

Kajin hat seinen Bruder erschlagen, gestellt, versuchte er seine ihn selbst überwältigende Tat zu leugnen: »Bin ich der Hüter meines Bruders?« (Genesis 4,9) Als Gott aber sprach: »Die Stimme des Bluts deines Brudes schreit zu mir auf von dem Boden« (4,10), ging er in sich und erschrak: Sein Herz sah aus wie der Stein, mit dem er seinen Bruder erschlagen hat – schwer zu heben, kaum zu tragen, unerträglich. Er sprach: »Meine Schuld ist größer als meine Kraft, sie zu tragen.« (4,13) Adams erster heiliger Tropfen, der erste Menschensohn, ein Erschütterer, den die Einsicht bezwang. Kurzsichtig in seiner Tat, weitsichtig in seiner Reue: Sie forderte nicht nur die Sühne heraus, sie machte auch, daß Abels Blut nicht ganz vergebens vergossen wurde. Von da an datieren Reue und Umkehr, das erste Gespräch eines Menschen mit Gott und der erste Kompromiß.

Kajin wird sein Leben nicht ungestraft beschließen. Der Erstgeborene hatte noch einiges für die Menschheit zu tun, aber auch für Gott zu zeugen. Kein Wort aus seinem Mund, das nicht denkwürdig war und geblieben ist.

An ihrem schieren Anfang setzte Kajin der Brüderlichkeit ein Ende. Er konnte nicht genau wissen, was er tut, aber einsehen, was er tat: Er führte den Tod in die Welt ein und sprach der Reue ihr erstes Wort.

Kajin für Nazi zu setzen ist biblisch wie sprachlich eine Roheit, moralisch wie religiös ein Frevel

Ermutigung

Die Füße tragen uns, ob kurz oder lang, auf allen Wegen, die engen, die weiten, bis wir in den Himmel kommen. Am Ende, ob wir es nehmen, ob wir es lassen, kommen wir in den Himmel. Ist es denn so wichtig, daß wir in den Himmel kommen?
Wäre der Aufwand nicht kleiner und lohnender, würden wir ein paar Schritte hier aufeinander zugegangen sein?
Und wären wir einander dann auch nicht Himmel, nur Erde, wäre das nicht gut genug? Die Erde selbst wäre besser, wollte nicht jeder ein Stück Himmel sein.
Die Stimme spricht:
Geh nicht immer weiter, mach nicht immer mit. Das Große und auch das Ganze wirst du am Ende schon mitgemacht haben. Ohnedies; ohne hin und her.
Wenn nun Gott durch deine Gedanken zieht, laß ihn nicht ziehen; halt ihn beim Gedanken fest, halt dich an ihn, denn dieser Zug, ein Siegeszug, ist ohne Halt. Er beginnt mit »Eli! Eli!« und endet mit »Asavtani«: Hier wirst du verlassen, dort bist du's bereits; gehst du auf Gott aber nicht zu, gehst du daneben

Der Schlüssel im tiefen Brunnen
Oder: Was nach allen Antworten bleibt, ist die Frage

Erklärungen werden geliefert, sie wechseln, wenn sie nicht mehr befriedigen, denn das sollen sie; Antwort bekommt, wer um sein Leben fragt.

Warum haben wir Mühe zu verstehen, und warum glauben wir, nicht verstehen zu können? Weil wir in Erwartung sind.

Redlich denken heißt, das in Erwartung Vorgedachte, aus der Erwartung Kommende, enttäuschen.

Nach einem talmudischen Wort war Gott, ehe er sich an die Schöpfung machte, damit befaßt, allerlei Welten zu erbauen und zu zerstören. Die Schöpfung aus dem Nichts setzt eben das Nichts und das Vernichtbare voraus. Eine heile Welt hat es nie gegeben. Der Mensch ist die Enttäuschbarkeit Gottes. Dieses Geheimnis gab Gott selbst mit seinem ersten Seufzer preis: »... da reute es ihn, daß er die Menschen gemacht hatte auf Erden, und es bekümmerte ihn in seinem Herzen [...] und er sprach: ›... es reut mich, daß ich sie gemacht habe.‹« (Genesis 6,6–7; Luther)

Durch die in uns geborene und gezüchtete Erwartung bleiben wir an die Enttäuschbarkeit gebunden. Wir lehnen uns nur schwach dagegen auf, unser Aufstand, wenn er erfolgt, heißt Hoffnung, denn Hoffnung ist wider Erwarten. Mit ihrer Hilfe können wir unsere Erwartung enttäuschen, müssen nicht immer wieder in ihr enttäuscht werden.

Inbegriff und Sinnbild der Hoffnung ist der Messias:

Er *ist* im Kommen, ist nie da und trifft nicht ein, weil er enttäuschen muß. Wäre die Erwartung zerstört, augenblicks erschiene er. Wider-Erwarten

Auch die Nacht kommt nach und nach zu Tage

Er machte nur einen Schritt,
allein, er ist aufgebrochen,
aus der Fremde
aus der Sprache,
aus Ur;
nur eines mehr mündlich
denn sprachlich gehegten
Wortes
mächtig:
hinneni –
hier bin ich

Mit Abraham trat das *Hierbinich* als Form des Glaubens in die Welt.
Mit dem *Hierbinich* lebten die meisten Juden überall, mit ihm hörten sie auch zu leben auf. Nicht ausweichend auch dort, wo Ausweichen nicht mehr galt. Auch gestellt, muß man sich noch stellen.
Und kommt man auch davon, heißt es nicht, daß man entrinnen kann

Die Toten rühmen Gott nicht und kennen keine Trauer. Man kann aber auch nur um Tote trauern, die man kennt oder liebt, kannte oder liebte. Das Gedenken ist neutral, an keine Erinnerung gebunden.
Man denkt sich zurück oder hinein. Wer das unternimmt, hat immerhin etwas unternommen

6

Gewissen ist eine Gedächtnisfrage
Festrede in acht Einschnitten

Ich habe das Wort und die Rede, das Sagen hat die Sprache

Man antwortet nicht auf eine Frage,
man antwortet dem Fragenden

Die Worte rollen hin und her wie einst die Züge, sie finden von selbst den Weg dahin, müssen nicht gelenkt werden; wie sie schon immer waren, bleiben sie ohne Bedeutung, ausgesprochen klar.
Wer gedenken will und sich erinnern kann, der braucht aus der Geschichte nicht zu lernen. In der Erinnerung nimmt auch Geschichte ihren Anfang

Nicht nur durch mich,
auch mit mir kommt etwas
zur Sprache

Alles nimmt seinen Lauf
und geht seinen Weg,
bis wir es in Frage
stellen

Das Erträgliche eines Lebens ist in diesem selbst nicht enthalten

Otto Frank sagte: »Ich habe alles verloren, außer dem Leben.« So wenig wiegt das Leben in einem solchen Satz. Ob ein-, ob ausgeklammert, ein letzter Rest, ein kläglicher. »Ich habe alles verloren, außer dem Leben«, sagte Otto Frank und ging durch dieses mit seinem toten Kind und belebte es in Wort und Bild und in Millionen junger Gemüter.

Es gab für Anne Frank alles und alles zu verlieren, aber was zu verlieren war, hatte sie gebucht. Ein Buch, ein Haus, ein Ende.

Das macht diesen Namen aus, der zu einer unversiegbaren Energiequelle geworden ist. Zart an Alter, zart an Wuchs, ein Kind – und lange alleinige Trägerin des riesigen, abbröckelnden Gebäudes des Gedenkens.

Ihr Gesicht, oft neben dem Kafkas zu stehen kommend, ist das jüdische Antlitz, wie man es seit fünfzig Jahren kennt. Dieses hat nicht nur die Hybris eines tausendjährigen Reichs bezwungen, sondern auch das *Stürmer*-Bild des Juden verwischt.

Das zarte, anmutige, kluge Gesicht des Mädchens Anne Frank ist das Vermächtnis des europäischen Judentums an die Welt geworden, bis in den fernsten Osten hinein.

Anne Frank ist das Lächeln Kafkas

In Erinnerung gekleidet, in Erinnerung gerufen

Man kleidet sich in seine Erinnerungen, die man zum Teil überliefern, im ganzen aber weder vererben noch übertragen kann.
Erinnerungen entstehen um den eigenen Namen herum und werden ihm zu eigen. Weil man seinen Namen hat, wird man in Erinnerung gerufen.
Man versinkt auch in seinen Erinnerungen: Das ist das Werk des Vergessens; es geht in Erinnerungen vor sich.
Anne Frank sagte: »Erinnerungen sind mehr als Kleider.« Wieso mehr?
Erinnerung ist paradiesischen Ursprungs, sie beginnt beim Namen, mit der Namengebung, mit der Benennung. Was mit einem Namen belegt wird, geht in die Erinnerung ein und kann immer wieder in Erinnerung gerufen werden.
Es war Adams heilige Beschäftigung, alles, was nackt und bloß in der Schöpfung herumlag oder umherirrte, mit Namen zu belegen, zu beseelen, wortfest zu machen. Göttlich ist das bloß Vorhandene, menschlich – das in Deckung Gebrachte.
Das Herz eines Dinges ist sein Name, der Name eines Menschen – sein nicht zu widerrufender Ruf.
Was uns heute in Erinnerung ruft und hier versammelt, ist der Name Anne Franks, die klar und wahr sagte: Erinnerungen sind mehr als Kleider.
So wars schon im Paradies. Adam hatte noch keine

Kleider, als er Geburtshelfer der Erinnerung wurde. Und dabei ist es geblieben: Die erste Kleidung eines Menschen ist der Name, mit dem er bedacht und bedeckt wird; der Name ist die Haut über der Haut.
Alle Taten und Werke stehen im Dienst des Namens, alles, was sich ausdehnt und einprägt. Der ganze Mensch ist sein ganzer Name. Das Wesen verändert sich mit den Namen. Was durch den Namen zum Wesen geworden ist, verändert sich mit dem Namen in seinem Wesen.
Der Name ist verletzlich wie die Haut, doch er altert nicht und schrumpft nicht ein.
»Im Anfang« heißt das erste Buch Mose, »Namen« das zweite, »Er rief« das dritte: Das ist die Reihenfolge, und so entsteht der Sinn.
Alle Wärme kommt von der Erinnerung, Erinnerungen aber sind mehr als Kleider.
Anne Frank – dieser Name beleuchtet und erwärmt die Menschen seit fünfzig Jahren.
Man versammelt sich um einen Namen, und es wird Licht.
Die sich nicht erinnern wollen, sind kalte Menschen; sie wollen nicht »mehr Licht«, sondern auslöschen

Was man nicht vor Augen hat,
kann man hinter sich nicht bringen

Mit der Lüge macht man sich Luft,
mit der Wahrheit atmet man auf

Falsche Propheten sprechen nur von der Hoffnung, aber »es gibt kein richtiges Leben im Falschen«, und hinfällig ist alles, was auf Gott hofft und nicht baut. Das Bekenntnis der Schuld ist die Geburtsstunde der Reue, aber es ist leichter, seine Schuld einzugestehen, als seinen Anteil an der Schuld zu erkennen.

Die Leute von Ninive hatten große Häuser und große Fenster und große Augen, aber keine Einsicht in ihre Tage und Werke, und dabei wäre es dringend gewesen, daß sie ihrer Missetaten gedächten und bereuten, auf daß sie gerettet würden. Also mußte Jona dorthin, wohin es ihn nicht zog, und sein karges Wort fallenlassen. Es bestand aus einem einzigen Satz, und diesen sollte er sowohl ausrufen als sprechen. Und er rief aus und sprach: »Es sind noch vierzig Tage, so wird Ninive untergehen.« (3,5) Das wars, und dafür ging er über Land und Meer und ging nicht nur. Ins Meer geworfen, von einem großen Fisch geschluckt und wieder ausgespien, wars denn doch ein großer Umweg zum Ort seiner Botschaft, den er nach wie vor lieber nicht betreten haben wollte. Im Bauch des Fisches lernte er immerhin beten. Das war ein Gewinn.

Man muß aus der Geschichte etwas gewinnen, wenn man aus ihr schon nicht klug werden kann

Schweigen hat keinen Anspruch auf Redlichkeit

Es gibt auf Erden nichts, wovon nicht schon behauptet wurde, es könne nicht sein. Doch lassen wir uns lieber erschüttern als bewegen.

Auf das Kommende gespannt,
übersehen wir
das Heranwachsende:
Es geht in einem vor,
ereignet sich im andern –
und schon ist es
um uns geschehen

Nicht das Erklärliche gilt es zu verstehen

Frage nicht,
wie konnte das geschehen?
Es konnte nicht,
es geschah;
frage nicht, wie kann das sein?
Es kann nicht

Das Wissen allein tut es nicht, auch nicht das genaue Wissen.
Die Fälscher sind es ja gerade, die es am genauesten wissen.
Aber diejenigen, die in der Geschichte leben, machen sich taub für das Schweigen.

Es ist immer einer,
der dich glauben macht,
und dieser ist selten Gott

Lieber jeden Tag im Irrtum, als für immer im Recht

In den *Sprüchen der Väter* heißt es:
»Hillel sagt: Vertraue dir selbst nicht bis zum Tage deines Todes; verurteile deinen Nächsten nicht, bis du in seine Lage gekommen bist, und sage nicht von einer Sache, es sei unmöglich, sie zu verstehen, denn am Ende wird sie doch verstanden, und sage nicht: ›Wenn ich mehr Zeit habe, werde ich lernen‹, vielleicht bekommst du nie mehr Zeit.«

Für die Zukunft sorgen –
für eine annehmbare Vergangenheit

Die Zukunft
erwacht in Erinnerung,
darum wissen wir von ihr

Erinnerung
ist die unverzichtbare Macht
jeder Zukunft

Noch einmal und immer wieder:
Alle Siege werden davongetragen.
Wie sag' ichs aber meinem Kinde

Du bist ein schönes Fenster zur Welt –
laß deine Scheiben putzen

Du kannst dich noch so weit öffnen,
der andere bleibt immer
dein Tor zur Welt

Was du darstellen willst,
mußt du auch
verkörpern können

Was du bist,
kann niemand sonst sein:
daher deine Verantwortung

Du kannst jeden Platz einnehmen,
nur einen einzigen ausfüllen

Ehe du Farbe bekennst,
male dir alle Schattierungen aus

Protestiere nicht,
deine Erscheinung
sei dein Protest

Du kannst nichts Größeres leisten
als Widerstand

Du bist aufgefordert, das zu tun,
was niemand von dir verlangen kann

Willst du Ruhe finden,
laß dich nicht beruhigen

Du darfst dein Richter werden,
aber nicht dein Ankläger sein

Du mußt an Gott nicht glauben,
nur zuhören,
wenn Er zu dir spricht.
Und dann in das Land gehen,
das er dir zeigen wird

Du mußt werden,
denn du bist erwartet

»Ich lege«, sagt Gott,
»meinen schönsten Stern
in deine Hand,
zerdrücke ihn nicht.«

7
Orden und Verdienst
Dankrede

»Ein Orden und der Galgen
werden manchmal
auf demselben Weg verdient.«
Juvenal

Es ist angenehm, geehrt zu werden. Ein Verdienstorden der Bundesrepublik Deutschland ist eine Ehrung, die schwerer wiegt als andere. Ihrem Gewicht nach nehme ich sie dankbar an.

Ein Verdienstorden, was immer er auch bedeuten mag, drückt eine Anerkennung aus und gibt gleichsam zu verstehen, daß er kein Geschenk ist. Verdienste werden erarbeitet und erworben. Einen geschätzten Orden bekommt man für einen geschätzten Verdienst, an den der Orden vielleicht auch hinfort erinnern soll. Dem Verdienst geht ein Dienst voraus.

Tatsächlich stehe ich nun mehr als dreißig Jahre im Dienst der deutschen Sprache. Daß mir dieses je zum Verdienst gerechnet würde, erwartete ich nicht. Was ich mir in der Literatur vorgenommen habe, war ein kühnes Experiment, das zu einem abenteuerlichen Leben geworden ist, mit einer Spur von Trost für Menschen, die des Trostes bedürfen; mit einem Stachel für die deutsche Poesie, auf daß sie sich jüdisch besinne. Man sagt, ich habe sie bereichert; ich sage: Sie wollte mir Gutes, die deutsche Sprache, als sie mir – nach einer kurzen Begegnung auf deutschem Boden – sagte: Ich lasse dich nicht, du segnest mich denn.

Ich habe sie gesegnet, sie aber zog mir nach und mochte mich nimmer verlassen.

Nun kennt man auch in Deutschland ihre Jerusalemer Adresse. Es ist mir eine Genugtuung, den Verdienstorden in Tel Aviv entgegenzunehmen, im Angesicht meiner Mutter, die meine Schwester und mich durch Weitsicht und Löwenmut hierher rettete. Ende Dezember 1939 erreichten wir die Küste dieser Stadt, in der wir unsere Kindheit verbringen durften. An diesem Ort, wo heute die Deutsche Botschaft steht, war damals eine Goldmine, bestehend aus Sand und Orangen. Hier spielten wir, hier waren wir glücklich, und zu unserem Glück damals gehörte, daß wir das Deutsche vergessen durften

8

Erinnerung – Abschied vom Gedachten

»Nun redet zu ihm liebevoll seine Mutter
und spricht gütig zu ihm.
Sie endet damit und läßt ihn hinter sich.
Dort wird er bleiben hinter seiner Mutter.
Dort hört er auf mit allem.
Dort verschwindet er mit seinen Worten«

Das Sollen, sagte meine Mutter,
ist unsere andere Nabelschnur

Ferner sagte sie:

Geh nicht barfuß
über den harten Boden
der Tatsachen

Tu dein Werk,
so wirst du
in deiner Arbeit
nicht gestört

Mache dich rar,
aber auch unentbehrlich

Gilt deine Begabung dem Einen,
bist du einzig
und mußt nicht artig sein

Du mußt nicht
der erste sein
vor Gott,
aber seine nächste Nähe suchen.
Auf Erden
wirst du gelobt
und begraben

Vollendet – unverbesserlich

Alles nimmt sein Ende
als gegeben an
und muß es immer
nehmen

»Freilich wird so viel angefangen und wenig vollendet. Aber was schadet das? Wenn ich auch nichts in meinem Leben mehr vollendete, ja nie etwas vollendet hätte: wäre es nicht eben das?«

Anmerkungen

S. 22 *Ich könnte mir denken* Aus: Lazarus Trost, Im Turm. Dresden 1889, S. 62

S. 28 *Raschi* Gemeint ist Rabbi Schlmo Izchaki (Troyes 1040–1105), der einflußreichste, nicht wegzudenkende Bibel- und Talmudkommentator. Studierte um 1060 in Worms, wo heute im »Raschi-Haus« in der Hinteren Judengasse 6, an der Stelle, an der sein Lehrhaus gestanden haben soll, das Jüdische Museum untergebracht ist.

S. 29 *Das »Buch der Natur«* Aus: Karl Löwit, Aufsätze und Vorträge 1930–1970. Stuttgart 1971, S. 156

S. 34 *Hätte Heine* Aus: Franz Bärmann Steiner, Fluchtvergnüglichkeit. Feststellungen und Versuche. Eine Auswahl von Marion Hermann Röttgen. Stuttgart 1988, S. 197 – *ein guter Aphorismus von mir* Vgl. Christoph Türcke, »Was nicht trifft, trifft auch nicht zu«. Zum Tode des Sozialphilosophen Ulrich Sonnemann. In: Frankfurter Rundschau, 31.3.1993, S. 8: »Als er Anfang der sechziger Jahre die ›Einübung des Ungehorsams in Deutschland‹ proklamierte und der Studentenbewegung vorarbeitete, als er den Finger darauf legte, daß von den Richtern des nationalsozialistischen Volksgerichtshofs keiner in der Bundesrepublik rechtskräftig verurteilt wurde [...], hat er gezeigt, daß das Wort von Karl Kraus ›Was nicht trifft, trifft auch nicht zu‹ auch sein Motto sein könnte.« Der Satz, hier Karl Kraus großartig zugeschrieben, ist unleugbar von mir und in meinem Buch *Worthaltung* (1977) nachzulesen.

S. 35 *Sprüche der Väter* Pirke Awot, der neunte Traktat in der vierten Ordnung der Mischnah (Nesikin) und der einzige nicht-gesetzliche Traktat. Berühmte jüdische Schriftgelehrte bieten hier die Summe ihrer Lebensweisheit in kurzen Sätzen. Mit seiner Aufnahme in das Gebetbuch im 11. und 12. Jahrhundert erfuhr der Traktat eine zweite Kanonisierung und erlangte somit die größte Verbreitung im Volk, vergleichbar nur mit den Psalmen.

S. 36 *Einsprüche* war 1973 mein erster »deutschbewußter« Aphorismenband, auf den 1975 der »gattungentschiedene« Band *Einsätze* folgte.

S. 37 *In diesem Augenöffnen* Aus: Tuvia Rübner in: Das Neue Israel, Zürich (August 1975), S. 93

S. 50 *Ungewiß ist auch* Aus: Paul Koppel, Im Hinblick. Ein- und Aussichten. Wiesen 1997, S. 10

S. 52 f. *Daß oft die allerbesten Gaben* Aus: Arthur Schopenhauer, Aphorismen zur Lebensweisheit. In: Ders., Sämtliche Werke. Bd IV. Hg. v. Hans Hennings. Leipzig o. J., S. 464

S. 54 *Paul Engelmann* (1891–1965), Architekt, Dichter und Philosoph. Wichtige Publikationen über Adolf Loos, Karl Kraus und Ludwig Wittgenstein. Vgl. Ursula A. Schneider (Hg.), Paul Engelmann. Architektur Judentum Wiener Moderne. Wien/Bozen 1999; darin bes.: Elazar Benyoëtz, Dem Menschen zum Segen, nicht der Gesellschaft zum Nutzen. Eine Lesung in memoriam Paul Engelmann, S. 167 ff. – *Das Haus in der Kundmanngasse* 19 in Wien wurde 1926/27 von Paul Engelmann und Ludwig Wittgenstein für Margaret Stonborough, Wittgensteins Schwester, gebaut. Vgl. Paul Wijdevel, Ludwig Wittgenstein: Architekt. London/New York 1994

S. 55 *Wer auf die Sitten wirken will* Aus: Wilhelm Heinse, Aphorismen. Hg. v. Albert Leitzmann. Leipzig 1925 (Insel-Bücherei Nr. 376), S. 5 f. – *Ihre Aphorismen* In: Prozdor, Nissan-Ijar 5724 (1964), S. 34 f.

S. 59 *Treffpunkt Scheideweg*. München/Wien: Carl Hanser Verlag 1990 – *Variationen über ein verlorenes Thema [über den Glauben]*. München/Wien: Carl Hanser Verlag 1997

S. 62 *voll weisem Tiefsinn* Zitat eines Zeitgenossen über Friedrich Wilhelm Joseph von Schelling, nach Wilhelm Weischedel, Die philosophische Hintertreppe. München 1976, S. 202

S. 63 f. *Bibliographia Judaica* Erscheint seit 1992 im Münchner Saur Verlag, hg. v. Renate Heuer.

S. 70 *Die Zeit ist buchstabengenau* Friedrich Hölderlin an seine Mutter. In: Friedrich Hölderlin, Undatierte Briefe. Sämtliche Werke. Große Stuttgarter Ausgabe, Bd 6, 1. Stuttgart 1954, S. 467 (Brief Nr. 307)

S. 72 *Heikel war das Thema stets* Aus: Jakob Wassermann, Mein Weg als Deutscher und Jude. Berlin 1921, S. 7

S. 75 Marie Luise Kaschnitz an Elazar Benyoëtz Mit freundl. Genehmigung von Iris Schnebel, Berlin, und dem Dt. Literaturarchiv, Marbach a. N.

S. 77 *Für seine Gläser bekannt* Den Kern des vorliegenden Buches bildete eine Vorlesung, gehalten am 15.6.1994 an der Friedrich-Schiller-Universität Jena. Vgl. Elazar Benyoëtz, Mein Weg als Israeli und Jude ins Deutsche. In: Edwin Kratschmer (Hg.), Dem Erinnern eine Chance. Jenaer Poetik-Vorlesungen »Zu Beförderung der Humanität« 1993/94. Köln 1995, S. 123 ff.

S. 87 *Wie's kommt* Aus: Goethes Werke. Weimarer Ausgabe. Abt. I, Bd 42, 2. Weimar 1907, S. 526

S. 89 *Abraham, den Herrn der Sterne* Aus: Johann Wolfgang Goethe, »Süßes Kind, die Perlenreihen«. In: Goethes Werke. Weimarer Ausgabe. Abt. I, Bd 6. Weimar 1888, S. 288

S. 90 *keine diplomatischen Beziehungen* Diplomatische Beziehungen zwischen beiden Ländern wurden am 16. März 1965 aufgenommen.

S. 92 H[ans] G[ünter] Adler an Elazar Benyoëtz Mit freundl. Genehmigung von Jeremy Adler, London

S. 93 Israel Cohen an Elazar Benyoëtz Original Hebräisch

S. 96 f. Max Rychner an Elazar Benyoëtz Mit freundl. Genehmigung von Claudia Mertz-Rychner, Zürich

S. 98 *Ja'akov Kahan* Geb. 1881 in Sluzk/Rußland, gest. 1960 in Tel Aviv

S. 100 f. *Ein Exilprophet, Ezechiel* Aus: Margarete Susman, Deutung biblischer Gestalten. Konstanz/Stuttgart 1962, S. 61 f. Mit freundl. Genehmigung von Erwin von Bendemann, London

S. 102 ff. *Die Seherin von Zürich* Aus einem Brief von Elazar Benyoëtz an Clara von Bodman, Tel Aviv, 30.1.1976. Vgl. Clara von Bodman/Elazar Benyoëtz, Solange wie das eingehaltene Licht. Briefe 1966–1982. Hg. v. Hildegard Schultz-Baltensperger. Konstanz 1989, S. 31 ff.

S. 105 *Ich möchte Sie einer Palme* Gustav Landauer an Margarete Susman, Hermsdorf b. Berlin, 4.11.1916. In: Gustav Landauer, Sein Lebensgang in Briefen. Unter Mitwirkung v. Ina Britschgi-Schimmer hg. v. Martin Buber. 2. Bd. Frankfurt a. M. 1929, S. 167

S. 108 f. Marie Luise Kaschnitz an Elazar Benyoëtz Mit freundl. Genehmigung von Iris Schnebel, Berlin, und dem Dt. Literaturarchiv, Marbach a. N. – *feierlichen Maschinentext* Marie Luise Kaschnitz' Einstellung zur *Bibliographia Judaica* betreffend, die ich als Empfehlung gebraucht und weitergereicht habe.

S. 112 ff. Theodor W. Adorno an Elazar Benyoëtz Mit freundl. Genehmigung des Theodor W. Adorno Archivs, Frankfurt a. M.

S. 117 f. Harald Weinrich an Elazar Benyoëtz Der Brief betrifft die erste Fassung von *Treffpunkt Scheideweg*. Abdruck der Briefe mit freundl. Genehmigung von Harald Weinrich, München

S. 120 *In* einer *Stunde* Vgl. Elazar Benyoëtz, Ein Bruder. In: Ders., Treffpunkt Scheideweg, a. a. O., S. 111 ff.

S. 121 f. *Elazar erfuhr ein Schicksal* Aus: Max Zweig, Lebenserinnerungen © 1987 Bleicher Verlag GmbH, Gerlingen, S. 233 ff.

S. 124 ff. Elazar Benyoëtz an Clara von Bodman Aus: Clara von Bodman/Elazar Benyoëtz, a. a. O., S. 95 ff. – *Und süße Früchte werden*

Aus: Hugo von Hofmannsthal, »Ballade des äußeren Lebens«. In: Ders., Die gesammelten Gedichte. Leipzig 1910, S. 17 – *Zu jeder Sprache gehört* und *Der beste Lateiner* Zit. nach: Bogumil Goltz, Zur Geschichte und Charakteristik des deutschen Genius. Eine ethnologische Studie. 2. Theil. Berlin 1864, S. 102 – *Gedichte von einem polnischen Juden* Der Gedichtband von Isachar Baer Falkensohn erschien 1772 in Mitau und Leipzig. Von Goethe rezensiert in: Frankfurter Gelehrte Anzeigen, 1.9.1772. Vgl. Johann Wolfgang Goethe, Schriften zur Literatur. In: Goethes Werke. Weimarer Ausgabe. Abt. I, Bd 37. Weimar 1896, S. 221 ff. Vgl. Elazar Benyoëtz, Letzte Morgenstunden der Aufklärung, oder: Goethes ganz privater Ahasver. In: Jahrbuch der Bibliographia Judaica 1/1985 (Probleme deutsch-jüdischer Identität). Frankfurt a. M. 1986, S. 134 ff.

S. 134 *Nicht den* Juden Aus: Jakob Friedrich Fries, Über die Gefährdung des Wohlstandes und Charakters der Deutschen durch die Juden. Abdruck einer Recension der Schrift von F. Ruehs über die Ansprüche der Juden an das deutsche Bürgerrecht (Berlin 1816). In: Heidelberger Jahrbücher 16–17, S. 241 ff. – *Sigmund Wilhelm Zimmern* Vgl. Sigmund Wilhelm Zimmern, Versuch einer Würdigung der Angriffe des Herrn Professor Fries auf die Juden. Heidelberg 1816

S. 135 Johann Friedrich Jacobi an Jakob Friedrich Fries Aus: Ernst Ludwig Theodor Henke, Jakob Friedrich Fries. Aus seinem handschriftlichen Nachlasse dargestellt. Leipzig 1867, S. 332

S. 137 *einen großen Botaniker* Gemeint ist Matthias Jakob Schleiden. Vgl. Gustav Theodor Fechner, Zend-Avesta oder Über die Dinge des Himmels und des Jenseits vom Standpunkt der Naturbetrachtung. 1. Bd. 5. Aufl. Leipzig 1922

S. 138 *Ein breiter Streifen* Aus: Matthias Jakob Schleiden, Die Pflanze und ihr Leben. Leipzig 1865, S. 351

S. 139 f. *Die Bedeutung der Juden* Die Schrift erschien noch im selben Jahr in einer französischen und polnischen, 1879 in einer englischen Übersetzung. Eine Untersuchung der Beziehung Schleidens zu jüdischen Gelehrten seiner Zeit ist überfällig. – *Zuweilen denke ich* Schleiden charakterisiert das Werk Abraham Ibn Dauds, *Der höchste Glaube*, mit den Worten: »Das Ziel aller philosophischen Theorie ist die praktische Verwirklichung sittlicher Zwecke, und darin eben besteht das Judentum.« Und er fährt fort: »Etwas Höheres hat nie eine Philosophie ausgesprochen; es ist genau dasselbe, was 700 Jahre später Fries mit einem Schulausdruck ›den Primat der praktischen Vernunft‹ nannte.« (Zit. nach der 5. Aufl., Leipzig 1912, S. 26) Das ist Fries auf den jüdischen Punkt gebracht. Es klänge wie Hohn, wüßten wir nichts von seiner Verehrung für Fries. – *Die Juden sind* Aus: Matthias Jakob Schleiden, Die Bedeutung der Juden, a. a. O., S. 1 f. – *Der Christ steht gegenwärtig* Aus: Ders., Die Romantik des Martyriums bei den Juden im Mittelalter. Neudruck. Leipzig 1912, S. 55

S. 144 *Der Versuch, alle düsteren* Aus: Hans Carossa, Ungleiche Welten. Wiesbaden 1951, S. 140

S. 158 f. Edwin Kratschmer an Elazar Benyoëtz Mit freundl. Genehmigung von Prof. Dr. Edwin Kratschmer, Unterwellenborn

S. 159 *Nur hüte dich* Übersetzt von Michael Sachs. Aus: Die vier und zwanzig Bücher der Heiligen Schrift. Nach dem masoretischen Texte. Unter der Redaction v. Dr. Zunz. 16. Aufl. Frankfurt a. M. 1913

S. 161 *»Widuj«* Der Text lautet: »Mein Gott und meiner Väter Gott! Laß vor Dich kommen mein Gebet, und entziehe Dich nicht meinem Flehen. Denn ich bin nicht frechen Antlitzes, daß ich vor Dir spräche: Gerecht bin ich, und ich habe mich nicht versündigt! Ich war treulos, übermütig, übte Gewalt, sann Böses, handelte tückisch, war hartnäckig, ging irre und habe irregeführt. Ich bin gewichen von Deinen Geboten und Deinen heilvollen Vorschriften, und das galt mir nichts. Du aber bist gerecht in allem, was über mich erging. Was soll ich vor Dir sprechen und was Dir erzählen, alles Verborgene und Offenbare – Du weißt es! Meinen Wandel will ich streng untersuchen und zu Dir zurückkehren. So möge es denn Dein Wille sein, mein Gott und meiner Väter Gott, daß Du mir verzeihst und mich entsündigst.«

S. 165 *Mitleid wollen wir grundsätzlich* Aus dem Protokoll der Sitzung der Regierung des Generalgouvernements Krakau am 16.12.1941. In: Trial of The Major War Criminals Before the International Military Tribunal. Nuremberg 14 November 1945 – 1 October 1946. Nuremberg 1946. Vol. XXIX, S. 498 ff.

S. 166 *Recht vor Gott ist* Aus: Arnold Mendelssohn, Gott, Welt und Kunst. Aufzeichnungen. o. O. 1949, S. 280

S. 168 *Denn welcher große Stamm* 5. Mose 4,7–10, ins Deutsche übertr. v. Martin Buber und Franz Rosenzweig. In: Fünf Bücher der Weisung. Berlin 1930, S. 545 f.

S. 172 *Juden sind gemordet worden* Aus: Ingeborg Bachmann, Unter Mördern und Irren. In: Ingeborg Bachmann, Werke Bd. 1 © Piper Verlag GmbH, München 1978, S. 177

S. 180 f. Der *Wanderknabe* kommt in einem Gedicht von mir vor, das Paul Engelmann ins Deutsche übersetzt hat. – *Den Hiob* Vgl. Margarete Susman, Das Buch Hiob und das Schicksal des jüdischen Volkes. 2. Aufl. Zürich 1948 – *Schließe die Augen* Vgl. S. 57 – *im »Neuen Israel«* Vgl. Margarete Susman, Lyrik aus Israel. In: Das Neue Israel, Zürich (April 1963), S. 671 – *Gedichte für Annette Kolb* Vgl. Elazar Benyoëtz, Schejihje lanu k'mo babajit. Jerusalem 1964, S. 60. Nicht auf deutsch erschienen; über Margarete Susman und Annette Kolb vgl. ders., Annette Kolb und Israel. Heidelberg 1970, S. 128 ff. – *Brief von Scholem* Vgl. Gershom Scholem, Wider den Mythos vom deutsch-jüdischen Gespräch. In: Auf gespaltenem Pfad. Für Margarete Susman zum 90. Geburtstag. Hg. v. Manfred Schlösser. Darmstadt 1964, S. 229 ff. Dieser Brief zielte weit über die Festschrift hinaus und verfehlte sein Ziel auch nicht: Er ist der folgenreichste Beitrag zu diesem Thema nach dem Zweiten Weltkrieg geworden. – *Gedichten von Paul Celan* Gemeint sind »Singbarer Rest – Der Umriß« und »Vom Großen/ Augen-/losen« von Paul Celan. Erschienen u. d. T. »Zwei Gedichte« in: Auf gespaltenem Pfad, a. a. O., S. 75. Vgl. auch: Paul Celan, Gesammelte Werke. Bd 2. Frankfurt a. M. 1983, S. 35 f. (»Atemwende«) – *mit den Deinen* Gemeint sind die Gedichte »Die Nacht pocht an den Traum« und »Ruht das weiße Gefisch«, übertr. v. Renate Heuer. In: Auf gespaltenem Pfad, a. a. O., S. 235 – *Deine Oma* Vgl. Margarete Susman, Ich habe viele Leben gelebt. Erinnerungen. Stuttgart 1984, S. 174 f.

S. 183 f. *Leda und Salamander* Aus: Neue Sirene 12 (Juni 2000), S. 65

S. 187 *Dan Pagis, Mit Bleistift im versiegelten Waggon geschrieben*

Hier in diesem Transport
bin ich Eva
mit Abel meinem Sohn
wenn ihr meinen großen Sohn seht
Kain Adams Sohn
sagt ihm daß ich

Aus: Dan Pagis, Die Krone der Schöpfung. Ausgewählte Gedichte. Übers. v. Anne Birkenhauer. Hebr.-dt. © 1990 by Straelener Manuskripte Verlag (Straelener Manuskript 10), S. 7. Man muß hinzufügen, daß *Adams Sohn*, Ben Adam, im Hebräischen auch einfach »Mensch« heißt. Vgl. dazu Tuvia Rübner, Auszug aus einem Nachwort zu Elazar Benyoëtz, Abelarius Kain. In: Neue Sirene 10 (Mai 1999), S. 101 f.

S. 188 *Meine Schuld ist größer* Luther: »Meine Sünde ist größer, denn daß sie mir vergeben werden möge«; Buber-Rosenzweig: »Allzu groß zum Tragen ist meine Verfehlung.«
S. 193 ff. *Gewissen ist eine Gedächtnisfrage* Rede, gehalten am 9. November 1998 bei der Eröffnung der Anne-Frank-Ausstellung im Falkenhof-Museum, Rheine
S. 201 *Hillen sagt* Zit. nach Pirke Aboth. Die Sprüche der Väter. Übers. u. erklärt v. S[elig] Bamberger. 2. Aufl. Frankfurt a. M. 1914, S. 21
S. 205 ff. *Orden und Verdienst* Dankrede anläßlich der Verleihung des Bundesverdienstkreuzes in der Deutschen Botschaft, Tel Aviv, am 23. Juni 1997
S. 206 *Ein Orden und der Galgen* Zit. nach Ernst Heimeran/Michel Hofmann, Antike Weisheit. Eine Sammlung lateinischer und griechischer Gedanken. Urtext und Übersetzung. München 1937, S. 101
S. 210 *Nun redet zu ihm* Aus: »Tut, was ich von euch verlange« – Die Söhne Tonatis. In: Konrad Theodor Preuß, Die Nayarit-Expedition. Textaufnahme und Beobachtungen unter mexikanischen Indianern. Leipzig 1912, S. 104
S. 212 *Freilich wird so viel* Gotthold Ephraim Lessing an seinen Bruder Karl Gottfried, Wolfenbüttel, 2.2.1774. Aus: Gotthold Ephraim Lessing, Sämtliche Schriften. Hg. v. Karl Lachmann u. Franz Muncker. Bd 18. 3. Aufl. Leipzig 1907, S. 101

Einzelne Aphorismen und Texte hat Elazar Benyoëtz bereits in seinen früheren Werken publiziert. Sie wurden zum Teil für die vorliegende Ausgabe überarbeitet. Zu danken ist dem Carl Hanser Verlag, München/Wien für die freundliche Genehmigung zum Abdruck aus den folgenden Bänden: Worthaltung. Sätze und Gegensätze (1977); Treffpunkt Scheideweg (1990); Brüderlichkeit. Das älteste Spiel mit dem Feuer (1994); Variationen über ein verlorenes Thema (1997); Die Zukunft sitzt uns im Nacken (2000).

Arche-Klassiker in Neuausgaben
Eine Auswahl

Samuel Beckett
Proust. Essay
112 S. Geb.

Gottfried Benn
Statische Gedichte
Hg. u. mit einem Nachwort
von Paul Raabe
128 S. Geb. 4 Faks. 1 Foto

Albert Camus
Hochzeit des Lichts
Heimkehr nach Tipasa
Impressionen am Rande der Wüste
Aus dem Französischen
von Peter Gan u. Monique Lang
120 S. Geb.

Pablo Picasso
Wie man Wünsche beim Schwanz packt
Ein Drama
Aus dem Französischen
von Paul Celan
96 S. Geb. 5 Faks. 6 Fotos

Arche-Klassiker in Neuausgaben

Jakob van Hoddis
Weltende
Die zu Lebzeiten
veröffentlichten Gedichte
Hg. u. mit einem Nachwort
von Paul Raabe
112 S. Geb. 3 Abb.

Zum Gedächtnis an den großen expressionistischen Dichter Jakob van Hoddis, den Verfasser des berühmten Gedichts *Weltende*, und als Hommage an seine Verleger Franz Pfemfert und Herwarth Walden: Die wichtigsten Gedichte von Jakob van Hoddis, sämtlich publiziert zwischen 1911 und 1918, inklusive der Sammlung *Weltende* von 1918. Herausgegeben und mit einem Nachwort von dem Expressionismus-Forscher Paul Raabe.

»Mit van Hoddis befinden wir uns an der Spitze der deutschen Poesie, seine Stimme erreicht uns vom höchsten und dünnsten Zweig des vom Blitz getroffenen Baumes.« André Breton